마음 하나 젖지 않을
우산을 펴 드리고 싶습니다.

이 원 재 드림

# 체육복을 읽는 아침

# 체육복을 읽는 아침

이원재 지음

정미소

## 책을 만들며

**김민섭** (정미소 출판사 대표)

이원재 작가와는 2년 전 강원도 원주의 모 고등학교에서 만났다. 나보다 한 살이 어린 그는 그 학교의 학생부장이라고 했다. 30대의 나이에 학생부장이라니 왜 아이가 아이들을 보고 있나. 나의 강연을 끝까지 들은 그는 자신의 차로 역까지 태워다 주겠다고 말했다. 무척 선한 얼굴이었다고, 나는 기억하고 있다. 그는 차 안에서 나에게 계속 말을 걸어왔다. 나의 글을 잘 읽었다고, 그런 글을 쓰고 싶다고, 언젠가 밥을 함께 먹고 꼭 싶다고, 그냥 당신이 좋다고.

그와는 얼마 지나지 않아 다시 만났다. 그가 책을 내고 싶다고 말해서 나는 그다지 열없이 답했다. 아아, 쓰게 되면 보여줘요, 하고. 그는 기뻐하며 꼭 그렇게 하겠다고 했다. 그러고는 문득 내게 물었다.

"형, 혹시 학생들이 교복 안 입고 체육복 입고 학교에 오는 이유 알아요?"

"으음, 그냥 그게 편해서 그러는 거 아녜요?"

"그런 애들도 있죠. 그런데 교복이란 건 보살핌의 상징 같은 거예요. 집에서 매일 교복 세탁하고 다림질해서 주면 다 교복 입겠죠. 근데 구겨진 교복을 입고 나와야 하는 아이들이 있어요. 그 모습을 자신이 좋아하는 교사나 친구들에게 보여주고 싶지 않은 거예요. 다 그런 건 아니어도요. 그런 아이들의 마음을 읽어주는 게 학생부장인 저의 일이고요."

나는 그때, 그의 책을 만들겠다고 마음먹었다. 사실 체육복 입은 학생들을 보면 '왜 교복 안 입고 굳이 체육복을…' 하고 그들에 대한 선입견이 생기곤 했다. 그건 학생일 때나 지금이나 그랬다. 그러나 그런 사정을 가진 학생이 단 한 명이라도 있었다면 나의 그 눈빛과 마음은 얼마나 무정한 것이었나. 체육복 입은 학생들의 마음을 읽고자 하는 마음을 가진 학생부장이 내 앞에 있다. 그의 다른 마음이 궁금했다.

작년 여름에 그가 말했다. 원고를 다 썼으니 한 번 보자는 것이었다. 정선의 고등학교로 발령 난 그는 역시 학생부장으로 있었다. 정선 지역의 광부들이 일이 끝나고 삼겹살을 먹었다고 하는 거리에서 그와 만났다. 그는 나에게 원고 뭉치를 전해 주고는 목이 탄다는 듯 소주를 들이켰다. 원고를 읽어나가던 나는 어느 지점에서 이르러서 그만 울고 말았다. 내가 언젠가 읽은 그 마음이 고스란히 거기에 있었다.

그에게 왜 나와 책을 만들고 싶은지 물었다. 그는 잔을 부딪히며 답했다.

"형, 지금 건배하려는 형의 손이 불판을 지나 내 앞에 와 있잖아요. 내 손이 이 뜨거운 불판을 지나가지 않게요. 형은 항상 그랬어요. 그런 사람과 함께라면 뭐든…"

그동안 누군가의 손이 뜨거운 불판을 지나 내 앞에 오게 한 일이 한 번도 없었다. 그러나 그걸 알아보고 말해 준 사람은 그가 처음이었다. 그래, 당신과 함께라면 나도 뭐든.

정미소 출판사는 한 사람의 마음을 전하고자 이 책을 만들었다. 그가 계속 그런 마음으로 교문에서 아이들을 맞아주길 응원하는 마음도 함께다.

　　나는 교직 생활 10년을 갓 넘긴 공립고등학교 국어 선
생님이다. 첫 발령을 받고 1년 반 동안 교무부에서 문서를
담당한 것을 제외하고는 10년이 넘도록 학생부에서만 일해
오고 있다.

　　내가 다녔던 고등학교는 학생부가 참 무서운 곳이었다.
정확히는, 학생부 소속의 선도부 선배들이 무서웠다. 등교
할 때마다 선배들이 학교 입구에 쭉 늘어서서 나를 위아래
로 훑어보는 것도 그랬지만 뭔가 잘못을 해서 몰래 화장실
로 불려가 맞지는 않을까 두려웠다. 공부나 운동을 잘해서
선도부에 뽑힌 선배들도 있었지만 학교에서 싸움을 제일 잘

하는 그러니까 소위 '통'을 잡은 선배도 선도부로 당당히 활동하고 있었던 것이다. 그러다가 같은 동아리에 들었다는 인연 덕분에 운 좋게 선도부 부장 선배와 친해지게 되면서 매일매일 자기검열에 벌벌 떨며 사느니 내가 주도권을 차지해보기로 했다. 선도부장으로 지원해 덜컥 선발된 것이다. 그이후론 학교 생활이 무척 편해졌다. 선배들은 내게 함부로 대하지 못했고 후배들에게는 선망의 대상이 되었다. 학생이 학생을 지도—라고 쓰고 강요와 기합, 욕설이라고 읽는다—하는 야만의 시절이었다. 우리는 무너져내리는 학교의 기강을 솔선수범해서 지켜나가는 정의의 화신이라고 스스로를 믿었다.

시간이 흘러 공립중등교사 임용시험, 이른바 '임용고시'에 당당히 합격한 나는 집에서 대중교통을 이용하면 열두 시간쯤 걸리는 멀고 먼 학교로 첫 발령을 받았다. 정식 발령은 9월 1일이지만 신규 선생님이니까 환영회를 열어준다는 통에 이틀이나 먼저 출발했다. 잘 맞지도 않는 어색한 정장을 입고 땀을 줄줄 흘리며 교문을 들어서던 늦여름의 그날 아침을 아직도 또렷이 기억한다. 교문을 통과해 학교 본 건물에 도달하기까지는 약 7~80미터가량을 걸어야 하는

데 그 오른편에는 회색 컨테이너가 하나 놓여있었다. 그 컨테이너와 학교 담벼락 사이엔 마치 우산을 씌우듯 구부러진 소나무들이 줄지어 서 있었고, 그 넓지도 않은 공간 아래 2~30명쯤 되는 학생분들께서 옹기종기 모여 담배를 피우고 계셨다. 그 무리가 한 2명쯤이었다면 아마 20대 젊은 초임 남교사의 책임감과 정의감이 실제 행동으로 이어졌을지 모른다. 둘 중 만만해 보이는 녀석에게 기습적으로 다가가 헤드락을 걸고 나머지 한 명에게 학생부로 가자며 협박을 하면 충분히 승산이 있을 것이었기 때문이다. 하지만 정식 근무도 아직 이틀이나 남았고, 더구나 그날은 내 생일이었다. 내 생일. 우리 부모님이 아들의 생일과 제삿날을 한 번에 기억하시게끔 하는 건 자식된 도리가 아닌 거라고 위안하며 눈을 조용히 내리깔고 교무실까지 가던 그 길이 어찌나 어색하고 멀던지.

교원임용시험을 준비하며 공부하는 내내 나는 선생님이 된 미래의 내 모습을 녹색 칠판 앞에 서서 교과서의 내용을 입담 좋게 설명하는 모습으로만 그려왔다.

'관동별곡과 사미인곡의 내용을 미니시리즈 막장 드라마와 엮으면 참 재미나겠다. 자기가 좋아하는 연예인의 성공

담을 주몽신화의 영웅의 일대기 구조랑 비교하면서 공부하면 참 쉽겠다. 우와, 내가 생각해도 기가 막힌데 이러다가 나 유명해져서 EBS 강사로 뽑혀 가는 거 아냐?'

전국 수십만의 고등학생 중 대학 진학을 목표로 하는 아이들이 절반쯤 된다. 이른바 '인문계' 또는 '특수목적' 고등학교라는 곳에 다니는 아이들이다. 임용시험에 합격해서 첫 발령을 받던 그때까지도 나는 나머지 절반의 존재를 몰랐다. 아니, 까맣게 잊고 있었다고 해야겠다. '나는 공부가 적성에 안 맞으니 공고 가서 기술이나 배울란다.'고 했던 내 친구들의 흔적을. 이른바 '특성화' 고등학교라고 불리는 곳이다. 지금까지 특성화 고등학교에서 두 번, 인문계 고등학교에서 두 번을 근무했다.

네 학교의 학생부에 있으면서 많은 아이들과 만났다. 각종 범죄에 연루된, 배달 일을 하다 세상을 등진, 영어는커녕 한글도 제대로 잘 못 쓰는, 자신의 미래에 대해 아무런 계획도 희망도 갖지 않은, 그들과. 학생부는 그런 그들을 '착한 아이들'과 분리해서 혼 좀 내고 다시 바르게 만들어 주는 곳이라고 생각한 때도 있었으나, 그들의 삶과 만나온 시간들은 내 교사로서의 정체성뿐만 아니라 학교의 역할, 그리고 아이들이 필요로 하는 어른의 모습이라는 것을 뿌리부터 뒤흔들었다. 이 책에 실린 이야기들은 겁 많고 옹졸했고 편협했던 한 젊은이가, 자신이 준 것보다 더 많은 것을 아이들로부터 돌려받으면서 조금씩 성장해 온 이야기이면서, 절망이 지배하는 시대에 결국 희망을 찾을 곳은 우리 아이들의 마음속에 있는 작은 씨앗임을, 그래서 이 아이들은 누구 하나 빠짐없이 귀하고 소중한 존재라는 것을 확인해 온 기록이다.

경력이 10년이 넘었다지만 나는 아직 어리고 부족한 사람이다. 이 미숙한 선생이 상처와 아픔을 주었을 누군가에게 미리 사과를, 그래도 나를 선생님이라 불러주며 조금씩 더 나은 사람으로 살아오게 도와준 친구들에게 깊은 감사의 말을 전한다.

※ 1부의 한 꼭지인 〈어두운 바다에 홀로 오징어 배를 띄워놓은 것 같던 그 시간들은〉 외에 등장하는 모든 인물들의 이름은 가명입니다.

차례

## 2부 • 아이들을 내려두고, 다시

## 3부・선생이라는 이름의 친구

# 1부

## 새로운
## 선생이
## 태어나는
## 시간

# 새로운 세상으로의 진입

"여보세요?"

"이원재 선생님이시죠? 이번에 선생님이 발령받으시게 된 학교의 교무부장입니다."

스물여덟 살, 남들보다 늦게 간 군대에서 전역하고 1년 반 동안 공부만 하다가 임용고시에 합격했으니까, 군대물이 전혀 빠지지 않았던 나였다. 교무부장이라는 단어는 왠지 '교장, 교감의 신임을 받는 학교의 실세'일 거라는 영화적인 인식을 갖게끔 하는 데 충분한 직함이었다. 눈앞에 그 사람이 없는데도 두 손으로 전화를 받으면서 연신 허리를 굽신거렸다.

"8월 29일에 전 교직원이 모여서 선생님 환영회를 하기로 했어요. 교직 처음이시니까 앞선 분하고 업무 인수인계도 받으시면서 관사에 짐도 좀 푸시고……"

우리나라의 모든 학교에서는 똑같이 3월 1일부터 새학기가 시작된다. 자연히 학교를 옮기거나 새로 발령받는 선생님들도 그때부터 학교에 나간다. 그러나 나는 임용고시에 합격하고도 순번이 밀려 한 학기 동안 발령을 받지 못하고 대기하는 중이었다. 2학기 발령자들은 보통 9월 1일부터 근무하게 되는데 이틀 일찍 보자는 것은 집도 멀고 하니 미리와서 준비를 좀 하라는 배려의 뜻으로 생각했다. 나의 착각이었다는 게 곧 밝혀지지만, 이 미천한 신규 선생님 하나를 위해서 환영회까지 해 준다니 고맙기도 하고 앞으로의 교직 인생은 얼마나 마음 따뜻한 감동의 대서사시로 펼쳐질지 기대도 되었다. 게다가 벌써부터 날 선생님이라고 불러 주시다니. 역시 내 역량은 전화 통화에서도 느껴지는 건가. 하필 그날이 내 생일이라는 건 별로 큰 문제가 되지 않았다. 그래, 생일이었다.

문제는 내가 살던 고장에서 대중교통을 이용해 학교까지 가는 일이 만만찮다는 것이었다. 집에서 나와 버스로 지하철역까지, 그리고 지하철로 종점에 있는 시외버스터미널까지 이동하면 하루에 네다섯 편쯤 있는 시외버스를 탈 수 있다. 그 시외버스를 타고 다섯 시간 반을 간 뒤 다시 시내버스를 한 번 갈아타면 학교에 도착하게 된다. 오전에 그 여정을 시작하면 밤중에 도착해 숙소를 잡아야만 할 테니 차라리 자정에 출발하는 버스를 타고 새벽에 도착한 뒤 학교로 바로 가기로 마음먹었다.

후텁지근한 늦여름의 공기가 버스들이 하루 종일 내뿜은 매연과 섞여 장롱 밑 먼지처럼 엉겨있는 터미널 대기실에 앉아 출발을 기다렸다. 처음 만나는 선배 선생님들과 학생들에게 배 나온 아저씨처럼 보이기 싫어서 저녁은 먹지 않았다. 정확히 밤 열두 시에 출발한 버스는 아직 훤한 대도시의 가로등을 뒤로하고 헤드라이트 불빛 외엔 아무것도 보이지 않는 깊은 어둠 속으로 금세 빨려 들어갔다. 승객이라고는 나 하나뿐이었다. 하필 제일 뒷자리에 앉기도 했지만 이게 무슨 시내를 주행하는 택시도 아닌 다음에야 버스 기사님과 담소를 나누면서 갈 것도 아니니 잠을 좀 청해 보려 했지만 낯선 곳으로 떠난다는 긴장 섞인 두려움에 정신은 갈수록 말똥말똥해졌다. 그때, 억지로라도 잤어야 했다. 산 지

얼마 안 되는 스마트폰을 열었더니 '봉천동 귀신'이라는 웹툰이 인기라며 실시간 관련 검색어를 보여주었다. 그때라도 잤어야 했다. 오른쪽을 봐도 깜깜하고, 왼쪽을 봐도 깜깜하니 꼭 극장 같다는 생각이 들기도 했다.

사실 나는 겁이 좀 많다. 놀이기구도 못 타고 공포영화도 못 본다. 초등학교 2학년 때 놀이공원으로 소풍 갔다가 엉겁결에 들어간 귀신의 집에서 대성통곡하는 바람에 외삼촌이 날 어깨에 둘러메고 뛰어나오셨던 전적도 있다. 그날, 내 스마트폰에서는 어릴 적의 나 대신 피를 칠갑한 귀신이 화면 밖으로 튀어나왔다는 게 그날과 다른 일이었다. 사실 웹툰의 이야기는 단순한데, 집에 가던 여학생이 길을 물어보는 귀신을 만난다. 이 대찬 여학생이 자기랑 같은 길을 가면 무서우니까 다른 방향을 알려주는데 잠시 후에 귀신이 역정을 내면서 쫓아와 여학생을 추궁한다는 이야기다. 그런데 이게 평평한 2차원의 만화 그림이 아니라 배경음악이 함께 나오고, 귀신이 등장하는 클라이맥스 부분에서는 화면을 뚫고 나오듯 흉측한 얼굴이 입체적으로 튀어나오는 것이다. 버스 엔진 소리가 컸기에 망정이지 버스 기사 아저씨가 내 비명을 들으셨다면 교통사고가 났을지도 모른다.

사실 그 만화만큼이나 무서웠던 건 기사님의 주행 방식이었다. 워낙 여정이 길기도 하지만 그 시간에도 오르내리는 승객들이 있는지 버스는 지방 소도시의 터미널 네다섯 군데에서 정차하게 되어 있었다. 그런데 앞서 말했듯 이 버스의 유일한 승객인 나는 종점에 내리니까 우선 중간에 내리는 손님은 없다. 그럼 타는 사람이 있으면 태우는 건데, 기사 아저씨의 눈엔 그게 승강장 진입 몇백 미터 전부터 보였나 보다. 고속으로 달리던 속력을 줄이지 않은 채 좌회전이 바로 유턴으로 이어지고, 다시 한 번 좌회전해서 원래의 도로로 진입하는 데 걸리는 시간이 일 분이나 채 되었을까. 이 버스의 궤적을 선으로 이으면 꼭 용수철과 닮았을 것이다. 왼쪽으로 빙글 돌아 나가고 빙글 돌아 나가고. 그렇게 달린 결과 예상보다 한 시간이나 적게 걸려 새벽 네 시 반에 종점 터미널에 나는 던져졌다. 마치 봉천동 귀신이 뒤에서 쫓아오는 양 한밤의 질주를 마치고 내린 그곳의 공기는 서늘했다.

　　가로등 외에는 아무것도 없는 터미널 맞은편엔 의자 하나 없는 편의점이 달랑 하나. 새벽 버스야 좀 있으면 나오겠지만 아침에 선생님들이 출근하실 시간까진 기다려야 하니 어디든 눕고 싶었다. 어린이 하나쯤 넉넉히 들어갈 만한 캐리어를 질질 끌며 편의점을 돌아 나오는데 터미널 뒤편으로 빨간 불빛이 빼꼼히 보였다. 하얀 플라스틱판에 빨간 네온으로 써진 여관의 이름은 그나마 첫 글자는 깨졌고 두 번째 글자 하나만 살아남아 있었다. 그래, 좀 꺼림칙하기는 해도 겨우 두세 시간 묵을 건데 일단 대충 있어 보자. 문을 열고 들어가니 가운데는 어두워서 끝이 보이지 않는 복도가 있었고 양편으로 객실이 늘어서 있었다. 비어 있는 카운터 위엔 어떤 색채표의 색깔 이름보다도 가장 잘 어울리는 이름이 '정육점색'이었을 알전구 하나만 켜져 있었다.

"안녕하세요. 아무도 안 계세요?"

같은 인사를 두세 번 허공에 외치자, 왼편 계단에서 머리에 휴지심 같은 롤을 잔뜩 달고 핑크색 꽃무늬 원피스 잠옷을 입은 아주머니가 내려오며 대답했다.

"왜요."

아아, 왜요라. 나는 왜 여기에 들어왔던가. 전혀 예상치 못한 질문에 나오는 대로 대답했다.

"아 저는 그러니까, 내일, 아니다 정확히는 9월 1일이지만 오늘 발령 인사를 온 신규교사입니다. 잠시 묵을 방이 필요해서……"

"얼마 줄 건데요."

얼마를 주어야 하나. 허를 찌르는 질문에 이상함을 느끼기보다는 '음. 직업을 가진 어른들의 세계란 이렇게 시작부터 모든 것을 스스로 결정해야 하는군.' 하는 마음이 되었다.

"이만 원이요."

그래도 침대도 욕실도 있을 테니 한 시간에 오천 원씩 쳐서 이만 원을 불렀는데 흥정의 과정도 없이 아주머니는 두말없이 카운터 입구에 있는 열쇠 —그게 창문 안쪽이 아니라 바깥쪽에 그냥 놓여있었다는 걸 그때 보았다— 중 아무거나 하나 집어 들더니 역시 말없이 2층으로 올라갔다. 캐리어를 낑낑거리며 들고 따라 올라가 아주머니가 열어 둔 방에 들어섰다.

뒤에서 아주머니가 문을 쾅 닫는 소리에 놀라 전등 스위치를 눌렀는데 이 집의 조명은 어찌나 일관성이 있는지 객실의 조명도 카운터의 조명과 똑같은 '정육점색'이었다. 그것보다 놀라운 것은 일반적인 모양 대신 동그란, 너무나 360도스럽게 동그란 침대가 방 정중앙에 덩그러니 놓여있고 천장은 45도로 기울어져서 '여기가 대체 어디지?'하는 생각이 들게 했다는 점이다. 정육점 불빛 아래 기울어진 천장, 그리고 방 정중앙에 놓인 침대 위에 누운 나는 고기인가 사람인가. 의식이 있는 채로 제단에서 산 제물로 바쳐지는 옛사람들의 기분이 이랬을까. 쓸데없는 생각을 지우고 세수라도 하려 욕실로 들어가는데 욕실은 그나마 불도 들어오지 않았다. 욕실 문을 열어놓고 '정육점'에 의지해 수도꼭지를 돌린 순간 거기서 쏟아지는 시뻘건 물. 아마도 녹물이었을 그 시뻘건 물과 함께 버스 안에서 튀어나왔던 봉천동 귀신이 다시 떠올랐다. 때맞춰 지붕 위에선 고양이들의 야습이 시작되었는지 분명히 쥐로 추정되는 수십 개의 발자국 소리가 천장을 두드리기 시작했다. 다시 생각할 틈도 없이 시뻘건 물에 젖은 손으로 캐리어를 끌고 후다닥 여관 밖으로 나와서는 무작정 불빛이 있는 곳을 향해 걷기 시작했다. 왠지 그 방 창문에서 롤을 만 아주머니가 정육점색에 물든 얼굴로 웃으면서 나를 내려다보고 있을 것만 같았기 때문에 차마 뒤를 돌아볼 용기도 나지 않았다. 마치 무언가에 홀린 듯 비일상적인 일들이 일어나면서 다른 세계로 들어가는 신고식을 치르는 것만 같은 밤이었다.

다음 날 이어진 환영회에서, 나는 정확하게 교직원 수

와 같은 마흔여섯 잔의 소주를 흔쾌히 받아 마시고 8월 31
일 오후까지, 일어나지 못했다.

## 내 남편을 서방님이라고 부르는 년은
## 죽여버릴 거야!

"아, 오늘도 야근인가…"

선생님들의 근무 시간은 보통 오전 8시 30분부터 오후 16시 30분까지다. 일반적인 직장인들과 다른 것은 점심 시간에도 아이들을 살펴야 하기 때문에 그 시간도 근로 시간으로 본다는 점이다. 16시 30분 이후에 일하게 되면 초과 근무를 한다고 교장, 교감선생님께 보고하고 일과 중에 채 마치지 못한 일들을 마무리할 수 있다.

9월 발령이었던 나는 담임반을 맡지 않고 교무 문서 업무만을 맡았다. 교무부는 학교와 교육과정 운영의 전반을 책임지는 부서다. 학교에서 쓰는 전자결재 시스템이나 공

문서 작성 요령은 군대에서 했던 그것과 별로 다를 바 없었기 때문에 쉽게 익숙해졌고, 쉽게 익숙해진 만큼 엄청난 양의 업무가 밀려들었다. 2011년 2학기 동안 16시 30분에 퇴근한 게 딱 두 번이었다. 그나마도 그중 한 번은 몸살이 나서 관사에 들어갔던 거였는데 저녁에 교무부장 선생님께 전화를 받고 다시 나갔다. 일도 일이었지만 다음 날 수업을 할 게 걱정되어서 도저히 쉴 수가 없었기 때문이기도 하다.

　　보통 수업이라고 하면 학교를 다녀 본 사람들의 머릿속엔 이런 광경이 펼쳐질 거다. 쉬는 시간이 막 끝난 어수선한 분위기에 선생님이 들어와 교실을 정돈한다. 이어서 학생과 교사가 같은 교과서를 펴고 아이들은 저마다의 방식으로 수업 들을 준비를 한다. 어떤 아이들은 열심히 필기하면서 고개도 끄덕거리지만 지루한 아이들은 짝꿍과 몰래 장난도 치고 전날 피곤했던 아이들은 잔다. 똑같은 아이들이라도 매일매일 분위기와 상태가 다르기 때문에 경력이 좀 쌓여야 상황에 맞게 대응할 수 있다. 그러나 이 모습들은 모두 일단 수업에 참여한다는 것을 전제로 한다. 수업이라고는 한 번도 해본 적 없는 신규 교사에겐 모든 일이 변수이고 사고로 느껴지게 마련이다. 게다가 내가 첫 발령을 받은 학교는 가장 공부를 안 하든 못하든 지역 중학교에서 성적이 제일 낮은 아이들이 모여드는 특성화 고등학교였다. 수업도 수업이지만, 내가 생각하던 학교의 전형적인 모습에서 한발씩 비껴나 있는 모습들이 너무 많았다.

그해 1학기엔 1학년으로 복학한 남학생 하나가 연로하신 선생님을 폭행하는 일이 있었다. 쉬는 시간이나 점심시간이 되면 화장실에서 흘러나오는 담배 연기가 복도로 스몄다. 이후에 있었던 일이지만 교내 학생 중 흡연자 통계를 내어보니 남녀공학임에도 불구하고 전체의 80%가 흡연을 하고 있다는 통계에 말문이 막혔다. 출석을 부를 때도 반 전체가 동시에 앉아 있던 일이 별로 없다. 오전 수업엔 어젯밤 무리해서 놀았거나 알바를 뛴 친구들이 아직 학교에 오지 않고, 오후 수업엔 점심 급식을 배불리 먹은 친구들이 집에 가버렸기 때문이다. 이러한 와중이니 수업이란 게 제대로 이루어지기는 어려웠다. 답답한 마음에 담배를 한 대 피우러 나가면 이미 연달아 몇 대 태우신 연세 지긋하신 선배 선생님이

"야, 이건 학교가 아니다. 하아, 학교가 아니야."

하고 혼잣말을 되뇌시곤 했다.

그래도 일단 수업은 들어가야 하고, 교과서가 있으니 교과서에 있는 대로 한 번 해 보기로 했다. 시나 소설은 좀 기초가 있어야 감상할 수 있을 테니 미뤄두고, 이 친구들이 대학은 안 가도 사회생활에 필요한 기본 상식은 배워야지 싶어, 〈국어생활〉의 친족에 대한 호칭어부터 시작했다. 그나마 여학생들로만 이루어진 학급이었다. 결혼도 못 한 총각이면서도 시월드에 내재된 폭력성에 적극 공감하는 체하니 그나마 고개들을 들었다.

"그러니까 여러분이 결혼했는데 그 남편에게 형이 있으면 뭐라고 한다고요?"

"아주버님이요."

"좋습니다. 그럼 아주버님의 부인, 그러니까 여러분의 손윗 동서는 여러분의 남편을 뭐라고 부르게 될까요?"

"서방님!"

"맞아요! 결혼하지 않은 시동생에겐 도련님, 결혼했으면 서방님이라고 부르지요."

제일 앞줄에 앉은 두 명 정돈 그렇구나, 하면서 고개를 끄덕였지만 무언가 분위기가 이상했다. 제일 뒤에 앉아 열심히 화장하던 한 아이가 마스카라와 손거울을 탁 소리가 나게 책상에 내려놓더니 이렇게 말했다.

"내 남편을 서방님이라고 부르는 년은 죽여버릴 거야!"

아아, 그러니까 얘야, 우리나라는 일부일처제 국가니까 그분은 네 남편을 자기 남편이라고 생각해서 그러는 게 아니라 옛날부터 정해진, 아니 미안하다. 어차피 못 알아듣겠지 싶어 적당한 말을 고르던 중 옆에 있던 그의 친구가 맞장구를 친다.

"그래! 같이 죽이자!"

뭐라 대꾸할 말을 찾지 못해

"그래. 너희들도 크면 알게 되겠지."

했더니, 마스카라를 다시 집어 들고 다시 본인의 얼굴에 그림을 그리기 시작한다. 그 친구의 나이가 이제 거의 서른에 가까울 테니 지금쯤 결혼했을까. 만약 지금도 생각이 변하지 않았다면 부디 외동아들과 만났기를.

어느 날은 겨우 수업을 버티고 교무실로 내려오는 계단을 터벅거렸다. 그런데 분명히 서로 주먹을 교환하는 듯한 활극의 소리가 들려 돌아보니 여지없이 남학생 둘이 멱살잡이를 하고 있었다. 이상한 건, 때리고 있는 녀석이 분해서 씩씩거리는 중이고, 맞는 녀석은 본인이 왜 맞는지 모르겠다는 어리둥절한 표정이었다. 일단 떼어놓고 물어보니 때린 녀석이 이렇게 말했다.

"쌤! 인마가 참새가 크면 비둘기가 된다잖아요!"

아 그래 이 동네의 참새는 자라면서 종의 변화를 겪는… 아니잖아! 순간 나도 어이없는 눈으로 맞던 아이를 돌아봤다.

"아니 쌤. 제가 분명히 저쪽 실습동에서 며칠 동안 봤다니요. 저쪽 벤치 아래 있던 며칠째 있던 참새가 오늘 없어졌는데 그 자리에 갈색 비둘기가 있는 거라요. 비둘기가 쌀이나 쪼아먹지 참새를 잡아먹진 않으니까 그 자리에 있던 참새가 자란 거 아니에요?"

보통 둘이 싸우면 때린 애를 혼내주게 마련인데 어이없어 말문이 막혔다. 마침 주머니에 있던 사탕을 하나씩 쥐어주면서 비둘기한테 가서 니가 참새 출신인지 원래 비둘기 출신인지 물어보라고 하곤 밖으로 내보냈다.

이 녀석들이 나를 놀리려고 이러는 건지 진짜인지 궁금해서 짐짓 인상을 쓰며 받아쓰기를 시켜보기도 했다. 외래어 표기법은 차치하고라도 지나다니면서 많이 봤을 롯데리아, 배스킨라빈스 같은 상호들도 정확히 쓰는 아이들이 손에 꼽혔다. 그냥 소리 나는 대로 받아 쓰는데도 일단 의사소통은 되니 소리를 글자로 잡아매신 세종대왕님의 능력과 혜안에 그저 감탄할 뿐이었다. 상황이 이러니 교과서에 나오는 말들은 아이들에겐 영어나 마찬가지라 한 달쯤 넘어서는 교과서를 그냥 쓰지 않기로 했다. 대신 서점에 가서 고사성어와 속담 책을 잔뜩 사 와서 프린트물로 만들었다. 학교에 몸만 가지고 오는 친구들이니까 볼펜 한 통을 챙겨서 수업에 들어가는 것도 잊으면 안 된다. 받으러 나오라는 것도 아니고, 프린트와 볼펜을 각자의 책상에 하나씩 놓아 드린다. 생전 해 본 적 없던 길거리 전단지 알바가 아마 분명 이런 느낌이었을 거라고, 교실에 앉아 있는 학생들의 수만큼 느낀다. 그나마 뭐가 적혀 있나 들여다보다가 그림은 없고 글자만 있으니 곧 심드렁해지는 아이들이 삼분의 일. 눈앞에 사람이 지나가니 뭐야, 하고 흘끗 보고는 다시 자기 일을 하는 아이들이 삼분의 일. 세상이 무너져도 나는 지금 잠을 자야겠는데 뭐야 귀찮게, 하면서 단잠을 방해하는 이물질을 팔로 툭 밀어 땅으로 떨어뜨리는 아이들이 삼분의 일이었다. 아! 고사성어나 속담은 아이들이 잘 안 쓰니까 재미가 없어서 그러는가 보다 생각하고 그다음 주에는 내용을

넌센스 퀴즈로 바꿨다. 딱 두 개 정도 피식 웃고는 다시 원
상태로. 그다음 주에는 가로세로 낱말 퍼즐을, 그다음 주에
는 수수께끼를, 하다가, 결국 영화를 틀었다. 영화의 숨겨진
메시지를 읽어내는 방법이라도 알려주고 싶었다. 물론, 그들
과 말 섞지 않고 한 시간을 버틸 수 있는 효율적인 방법이었
다는 걸 고백하지 않을 수 없다.

처음에는 오토바이 타는 걸 좋아하는 애들이 많으니
까 〈퀵〉 같은 영화를 가져가서 일단 보여줬다. 난리가 났다.
국어 시간에 영화 본대! 그러니까 애들이 일단은 안 잤다.
슬슬 이야깃거리가 있는 영화로 옮겨갔다. 〈최종병기 활〉,
〈도가니〉 같은 영화를 볼 때면 아이들이 제법 극에 몰입했
다. 하지만 잠시 영화를 멈추고 이야기를 하려고 치면 날아
드는 숨소리 같은 욕설과 도끼날 같은 눈빛에 말을 길게는
하지 못했다.

하지만 영화 보기가 거듭되면서 나도 조금씩 요령이 생
겼다. 내가 먼저 영화를 보고 그 내용을 퀴즈로 만들어 프
린트해 줬다. 예를 들면 〈도가니〉에서 교장 선생님이 여자
아이를 쫓아갔을 때 그 아이가 화장실 몇 번째 칸에 숨었을
까?' 〈최종병기 활〉에서 우리나라에 쳐들어온 나라가 어디

였을까?'와 같은 것이다.

아이들이 가장 재미있게 본 영화는 〈완득이〉였다. 아이들이 이 영화를 볼 땐 시키지도 않았는데 볼펜을 먼저 들고 내용을 메모하면서 감상하는 모습을 보였다. 영화의 주인공 완득이는 엄마가 필리핀인인 다문화 가정의 아이이면서 공부에도 관심이 없고, 잘하는 것도 미래에 대한 꿈도 없는 가난한 아이다. 하지만 담임 선생님의 시크한 보살핌을 통해 자신이 좋아하는 일을 찾게 되면서 서서히 세상으로 나오기 시작한다. 〈완득이〉를 보면서 아이들은 짧지만 격한 언어로 자신들이 살아온 생을 토해냈다.

"그 뭐지? 기초수급자? 그거 파악한다고 아빠 집에서 노는 사람 손 들어보라고, 애들 다 있는 데서. 그럴 때 그냥 안 들었어요."

"아빠가 공사장에서 떨어져서 척추 수술을 했어요. 맨날 술 드시고."

"세상이 다 그렇지 뭐. 로또 안 되나 로또. 인생 한 방인데."

다문화, 가난, 장애, 학업과 같이 현실의 자신에게도 차별로 작용하는 요소들에 대해 격하게 공감하는 아이들의 반응을 보면서, 두 가지 생각을 했다. '수업의 내용은 아이들이 지금 살아가는 삶과 관련이 있을 것' 그리고 '수업의 반응 역시 아이들의 삶으로부터 나오도록 할 것'. 그러면 완득이가 그랬던 것처럼 분명히 이 아이들도 국어 수업, 문학 수업을 통해서 자기 삶의 방향을 찾아낼 수 있을 것이다. 내가 이 직업을 선택한 게 잘한 일인지 매 순간 고민되는 날들이었다. 한 치 앞도 보이지 않는 빛 한 줄기 없는 막장에 파묻힌 것만 같은, 또는 다 버리고 도망치고 싶어지는 매일매일의 수업과 일상 속에서, 문학 작품이나 영상 콘텐츠가 아이들의 삶과 만나는 그 부분은 '여기 사람이 살았다!'라고 외치는 구조 신호와도 같았다. 발령 받은 지 몇 달 되지도 않은 신규 교사가 건방지게도 교과서를 버리고 그 밖에서 수업의 소재를 찾기 시작했던 것은 바로 그 외침이 금방이라도 메말라 바스러질 것만 같은 교실 현장에서 학생인 너희도, 선생인 나도 구조될 수 있을지 모른다는 희망의 외침으로 느껴졌기 때문인지도 모르겠다.

# 건강한 빗자루는
# 꺾일지언정 부러지지 않는다

임용 첫 학기는 열심히 헤매기만 했다. 새로운 학년도에는 이전의 업무를 계속하면서 1학년 남자반 담임을 맡았다. 초장에 기선을 확 잡아 자기네 일부 선배들처럼 허무하게 인생을 낭비하는 아이들로 키우지 않겠다고 다짐했다. 교직 생활에서 처음 맡는 담임이니까 마치 전쟁터에 데리고 나갈 병사들을 훈련시키는 소대장의 마음으로 각오를 다졌다.

처음은 교복이었다. 유니폼은 그 집단이 규정하고자하는 구성원의 성격을 가장 잘 보여준다. 군인은 전투복, 소방관은 방화복, 학생은 교복을 입음으로써 자기 신분의 본

질을 겉으로 드러내는 것이라고 그때는 생각했다. 그래, 처음 학급에 들어가면서 거칠게 문부터 열자. 제일 먼저 눈에 띄는 녀석을 골라 트집을 잡고 공포 분위기를 잡자. 그러자면 반드시 누군가는 교복 대신 개성 있고 멋진 사복을 착용하고 왔어야 했다.

호기롭게 문을 쾅 열어젖히자 오십 개의 눈동자가 일제히 내 쪽으로 향했다. 어색함 속에 어수선하게 떠다니던 공기가 소리의 멱살을 잡아끌고 바닥으로 착 가라앉는 게 눈으로 보이는 듯했다. 교탁까지 네 걸음 걷는 동안 내 눈동자는 심하게 흔들렸다. 그날 찍은 첫 단체 사진에도 남아 있지만, 단 한 명도 빠짐없이 와이셔츠에 넥타이, 조끼, 바지 심지어 나중엔 촌스럽다고 몇 번 입지도 않은 자켓까지 풀세트로 단정하게 차려입은 스물다섯 명이 호기심과 긴장감에 찬 눈빛으로 날 쳐다보고 있었다. 전혀 예상하지 못한 상황에 준비해 갔던 말도 제대로 다 못하고 어버버하다가,

"다 같이 나가서 단체 사진 찍자."

하는 말로 첫 번째 조회를 마치고 말았다. 이상했다. 애들이 왜 예쁘지. 며칠은 아무런 일 없이 돌아갔다. 몇을 제외한 아이들은 제시간에 학교에 왔고, 무려 필기를 하면서

수업을 들었고, 아무런 사고도 치지 않았다. 그러나 역시 아직 어린 아이들이라 그런지 같은 반 아이 하나를 따돌리고 놀린다는 첩보를 입수했다. 장애인까지는 아니지만 안검하수*와 사시가 동시에 있어서 상대와 대화할 때 눈의 초점을 잘 맞추지 못하는 아이였다. 이 녀석들이 금세 그 특징을 가지고 '물고기'라는 별명을 붙이고선 몰래몰래 놀려 먹었던 것이다. 기다리던 기회가 찾아왔다. 몇 번이나 경고해도 놀림이 그치지 않던 어느 날, 종례 때 책상을 뒤로 밀고 5열 종대로 세웠다.

"너희들은 왜 나와 다른 사람을 괴롭히지 못해 안달이냐! 직접 놀린 놈도, 방관하며 소리 없이 웃었던 놈들도 다 나쁜 놈들이다! 지금 전부 체육관으로 집합해!"

책상까지 교실 뒤에 치워 놓고는 굳이 왜 체육관으로 모이라고 했는지, 지금 생각해 보면 어이없는 일이지만, 사실 거기서 더 나아갈 생각은 없었다. 평소에 큰소리를 잘 내지 않던 담임이 이 정도로 화가 났다는 것을 보여주면 자기의 행동이 잘못됐다는 것을 깨닫겠거니 싶었다. 체육관에 모인

---

•    안검하수 : 다양한 원인에 의하여 윗 눈꺼풀의 높이가 낮아진 상태

40

아이들에게 피티 체조부터 시켰다. 그러나 워낙 혈기왕성한 아이들이라 전혀 힘들어하지 않았다. 아아, 더 무서운 이벤트가 필요하다. 하필 그때 떠오른 게 정우 주연의 영화 〈바람〉이었다.

"반장! 밀대 걸레 가지고 앞으로 나와!"

야간 자율학습에서 도망쳐 놀다 온 아이들을 교실 앞으로 불러낸 영화 속 담임은, 멀쩡한 막대 걸레 자루를 발로 차 꺾은 것으로 아이들을 때렸다. 정말 때릴 생각은 없었다. 나도 그 선생님처럼 발로 자루를 부러뜨리고 그걸 들고 꾸중을 한 뒤 휙 내던지고 나가버릴 참이었다.

"여깄습니다, 선생님."

긴장됐다. 반장에게 건네받은 밀대 걸레 자루는 영화에서처럼 나무가 아니었다. 형광등 불빛을 받아 반사되는 알루미늄 자루의 차가움이 손 안 가득 느껴졌다. 그래도 속이 비어 있으니 한방에 모가지를 잘 노려서 밟으면 한 방에 멋지게 부서뜨릴 수 있을 것 같았다. 결단의 순간, 왼쪽 발에 힘을 단단히 주고 오른쪽 발 날로 더 정확할 수 없는 힘점을 노려 찼다.

하지만 자루는 깔끔하게 부러지는 대신 알파벳 L자에

가까운 형태로 힘없이 구부러지고 말았다. 갈등했다. 여기서 그만둘 것인가, 아니면 기어코 자루를 뽑아낼 것인가. 구부러졌지만 걸레를 밟고 양손으로 자루를 당기면 뽑힐 듯했다. 그러나 최대한 표정을 관리하면서 자루를 당겼다. 서너 번 용을 써도 뽑히지 않았다. 이제는 이 밀대 걸레의 구조가 궁금해서 들어 올려 가까이서 보다가, 전날 교직원 회의의 환경부장 선생님의 그 말씀이 떠올라 힘없이 자루를 던져 버렸다.

"우리 아이들이 하도 밀대 걸레로 싸움을 하다 보니 많이 파손됩니다. 그래서 제가 일일이 자루랑 걸레를 나사로 고정해뒀어요. 하하하"

눈 감고 있으라고 했는데 실눈을 뜨고 그 모양을 보던 아이들은 웃음을 참느라 야단이었다.

"에이 씨… 집에들 가!"

하고 돌아 나오는 내 등에 아이들의 웃음이 와아, 꽂혔다. 건강한 빗자루는 꺾일지언정 부러지지 않는다. 그래, 중요한 건 그런 게지. 하지만 아이들을 향했던 분노의 눈빛은 크게 부러지지 않았는지, 물고기라는 별명은 점차 자취를 감추게 되었다.

## 스스로에 대한 믿음은
## 고기를 부른다

L자 밀대 걸레 사건 이후 어울리지 않는 '가오'를 잡는 건 지속할 수 없겠다 싶어 이내 포기했지만, 공부는 차치하고 딱 두 개만 하지 말자고 학급의 규칙을 단순화시켰다. 지각과 교내흡연 금지였다.

우리 반은 자동차 정비기술을 배우는 반이었다. 3학년 때 나가는 교육실습에서부터 졸업 후의 직장이 대부분 기계를 다루는 제조업체일 것이다. 당장 2년 후부터 월급을 받는 직장인으로 무리 없이 살아가려면 시간을 지키는 습관을 들여야 한다. 그리고, 당장 담배를 끊게 할 여력은 없지만, 학교와 같은 공간에서 흡연 욕구를 참게 하는 것도 내가 길러줘야 할 사회성이다. 이 녀석들이 말로는 잘 안 들으니까 다행히도 아직은 내가 더 큰 덩치를 앞세워 헤드락도 걸고 팔뚝을 주먹으로 후려치기도 하고 윽박도 막 질렀다. 적절하지 못한 방법이었지만 적어도 우리 반 아이들만큼은 지각하지 않으려고 아침에 버스에서 내려서 교실까지 뛰어왔다. 다른 반 아이들이나 일부 상급생들이 등교 시간이 지났어도 학교 앞 매점에서 느긋하게 라면도 먹고 텁텁해진 입 안을 담배 연기로 헹군 후 여유 있게 등교하는 모습과는 달랐다.

그때의 나는 몰랐지만 후일담을 들어보면 그렇게 본인에게 바르게 살아야 한다고 잔소리를 하고, 때로는 부모님보다도 더 무섭게 윽박지르는, 그런 선생님은 처음이었다고 하는 친구들이 많았다. 중학교 때의 그들은 대부분 학급에서 있으나 없으나 한 존재이거나, 시험 성적 반 평균 점수를 까먹는 존재이거나, 가끔 수틀리면 사고를 쳐서 학교의 위신을 깎아 먹는 존재이거나, 선생님의 눈 밖에 난 존재였다. 하루 중 가장 많은 시간을 보내는 학교에서 자기정체감을 찾을 길이 없으니 인생의 삼분의 일은 없이 사는 셈이었다. 이 학교에 왔다는 것을, 지역사회에서도 가장 낮은 등급의 학생이라는 것을 공식적으로 인증받았다는 근거로 생각하는 아이들도 많았다.

그러나 담임에게 혼나지 않기 위해 일찍 일어나고, 피씨방에 있다가 잠들어서 못 올 것 같으면 아예 밤을 새고 오고, 제 시간 동안 수업 시간에 꾸준히 교실에 앉아 있게끔 된 그 시간들이, 자신이 학교에서 내놓은 예외적인 존재가 아니라 충분히 학교와 사회의 테두리 안에서 움직일 수 있는 존재라는 자각을 조금씩 심어준 듯하다. 물론, 그때의 나는 내가 담임 노릇을 너무 잘해서 아이들이 이나마 하고 있는 거라는 착각을 하고 있었지만 말이다.

개중에 한 아이가 눈에 띄었다. 영수라는 아이였는데 이 녀석이 국어 시간에 눈을 빛내며 수업을 듣는 것이 '아니 이런 애가 왜 여기엘 왔지?' 하는 의구심을 갖게 했다. 그래서 학기 초 개별적으로 상담하면서

"영수야. 선생님이 보기에는 네가 하기만 하면 공부를 되게 잘할 것 같은데……"

하고 나서 서술어를 무엇으로 할지 잠깐 고민했다. '해보는 게 어때?'라고 하면 내 말에 확신이 부족하게 느껴질 것 같아 마침 책상에 꽂혀 있던 국어 문제집을 하나 주면서

'한 번 해 봐.'로 골랐다. 하겠다는 건지 말겠다는 건지 대답이 없던 녀석이 고개를 꾸벅하더니 돌아갔다. 사실 그 상담 시간은 내게 금방 잊혔지만 어려운 학생에게 내가 사비로 문제집을 사 주면서 격려해 주었다는 미담이 하나 생긴 것 같아서 혼자 엉큼하게 웃었다. 나중에 퇴임할 때쯤 되면 초임 교사 시절의 요런 에피소드를 어디다 자랑할 일이 있겠지. 그런데 얼마 안 있어 치른 1학기 중간고사에서 이 녀석이 반에서 평균 점수 2등을 했다.

"거 봐. 영수야. 하면 되잖아. 잘했어!"

성적표를 나눠주며 이렇게 칭찬했지만 속으론 '역시. 내 눈은 틀리지 않았어!'라는 생각과 자뻑에 취했다. 몇 주 후 찾아온 스승의 날에 영수가 써 온 편지를 읽기 전까지는 말이다.

"선생님. 스승의 날이라 편지를 씁니다. 처음 이 학교에 왔을 땐 공부는커녕 그냥 졸업장이나 따자 생각했어요. 중학교 땐 하도 말썽을 많이 피우기도 했고요. 그런데 선생님은 우리를 되는대로 살라고 포기하지 않으시더라고요. 저희랑 친해지려고 단합대회도 하시고 놀아

주기도 하면서 열심히 노력하셨어요. 솔직히 공부하려는 마음이 없지는 않았는데 중학교 때 선생님들도 포기하시고 해서 그냥 놀기만 했거든요. 사실 선생님도 다른 선생님들처럼 저러다 금방 포기하시겠지 싶었는데 변함이 없으시더라고요. 왜 저렇게까지 열심히실까 싶기도 했지만, 나도 저런 근성이 있을까 확인해 보고 싶어서 열심히 공부해 봤어요. 물론 시험 전에 힌트를 많이 주시긴 했어도 제가 받아 본 점수 중에 제일 높은 점수였어요. 왜 그런지는 모르겠지만 왠지 기분이 뿌듯했어요. 집에서 욕먹을 일도 없고, 그때 시험을 보고 난 후 집에 가서 점수를 얘기했는데 아주 좋아하시더라고요. 아빠가 엄마랑 헤어진 후 그렇게 기뻐하시는 건 아주 오랜만에 봤어요. 저도 선생님처럼 근성을 가지면 시험 점수도 오르고 가족도 화기애애해지겠죠. 감사합니다. 선생님.”

타지에서 일하시던 아빠가 소식을 듣고 당장 집으로 달려와 가족들이 다 같이 고기 파티를 했다는 말에, 나는 대체 무슨 일을 한 걸까 싶어, 사실 좀 무서웠다. 이렇게까지

하는 건가.

사람이 사람과 가까워지는 데 반드시 오랜 시간이 걸리진 않는다. 그러나 나이도 어리고 경험도 부족한 '나'라는 사람에게 영수가 쉽게 마음을 주었을 것 같지는 않다. 다만 '담임 교사'가 자신을 믿는다고 한 말을 믿고, 자신도 스스로를 진심으로 믿어버렸던 게 아닐까. 교사의 말엔 아이들의 삶의 방향을 바꾸는 힘이 있다.

이후 그 친구는 자신의 또 다른 재능을 그림의 영역에서 찾았다. 고등학교 졸업 후 디자인 학교에 입학해 그림을 배웠고 필리핀으로 어학연수를 떠났다. 그에게는 이탈리아에서 구두 디자이너가 되겠다는 꿈이 있다. 영수의 삶이 나날이 발전해 나가리라는 것을 믿어 의심치 않는다. 그가 자기 스스로의 가능성을 믿고 살아가는 것만큼.

## 경계에 있는 아이들은
## 어디로 가야 할까

학교에서 아이들이 잘못하면 학교폭력 사안을 제외하고는 '학교 생활 규정'이라는 것에 규정된 대로 벌을 받게 된다. 학생선도위원회 교사들이 모여 초중등교육법 및 동법 시행령에 규정된 내용에 따라 처벌의 종류와 방법을 결정한다.

전국의 모든 초등학교, 중학교, 고등학교에서 줄 수 있는 징계는 딱 다섯 종류뿐이다. 교내봉사, 사회봉사, 특별교육 이수, 출석정지, 퇴학처분이 그것이다. 다만 초, 중학교와 고등학교가 다른 것은 퇴학 처분이다. 2022년 현재 우리나라의 아이들은 한 명도 빠짐없이 중학교를 졸업하도록 법으로 정해져 있다. 다시 말하면, 국가에서 중학교까지는 의무적으로 교육을 받도록 강제한다는 뜻이다.

그런 면에서 의무교육과정인 중학교는 퇴학이 불가능하지만, 고등학교는 의무교육과정이 아니므로 그것이 가능하다. 물론, 학교의 방침에 잘 따르지 않는 아이를 곧바로한 방에 퇴학을 시킬 수 있는 것은 아니다. 하지만 같은 잘못이 반복되거나 누적되면 단계를 거쳐 퇴학에 이르게 될수도 있다. 예를 들어 지각을 다섯 번 해서 학교 내의 봉사처분을 받았는데, 그래도 또 지각을 반복하면 학교 내의 봉사 시간이 늘어나거나 상위 징계인 사회봉사를 받게 된다. 그래도 계속 지각이 반복되면 특별교육 이수, 출석 정지를차례로 거쳐 퇴학 처분을 받게 될 수도 있는 것이다. 공립학교에서는 적어도 표면적으로는 개근상과 정근상이라는 명칭에서도 보이듯 성실과 꾸준함을 가장 상위의 가치 중 하나로 친다. 일반적인 가정에서는 그렇다. 학생은 정해진 시간에 학교에 도착해 성실함과 꾸준함을 증명해야 한다. 그러나 어떤 가정에서는 제시간에 일어나 아침밥을 챙겨 먹고, 교복을 챙겨입고, 자기 집 앞으로 몇 대 지나가지 않는버스를 시간 맞춰 타고 등교하는 일이 무척 어려운 일일 수도 있다.

첫 담임을 맡았던 반의 학생은 25명. 그중 또래보다 한 살씩 많은 복학생이 둘, 두 살이 많은 아이가 하나였다. 그중 하나인 금성이는 콧수염 없는 프레디 머큐리를 연상시키는 창백한 외모였다. 하지만 녀석들이 퀸을 알 리가 만무했고, 얼굴이 무척이나 하얬기 때문에 그들은 프레디 대신 뱀파이어라는 별명을 붙여 주었다. 내가 금성이를 뱀파이어라고 부른 것은 낮에 그 아이가 깨어있는 꼴을 본 적이 거의 없기 때문이었다. 그 하얀 얼굴을 마주할 수 있는 시간은 조회, 종례 시간과 등하교 시간뿐이었다. 학교에 있는 시간과 오가는 시간, 밥 먹고 배출하는 시간을 빼더라도 사람이 24시간 중 매일 12시간 이상 잠만 잘 수는 없을 테니 밤에는 어떤 것이든 활동을 할 것 아닌가. 얼굴이 하얗고, 낮에는 자고 밤에 활동하며, 이가 불규칙하게 튀어나온 것을 조합하면 자동판매기처럼 탁 떠오르는 이름이 아닌가 하면서 그 별명에 스스로 감탄하기도 했다. 게다가 낮에는 바람 빠진 풍선 같아도 밤에는 또래 중에서 제법 스피드로 이름을 날리는 오토바이 라이더였으니 어딘가 배트맨의 이미지도 있고 말이다.

3월에는 그래도 같은 반 아이들에게 복학생 티도 안 내고, 버스를 놓쳐 지각할 것 같으면 학교에 다니지 않는 친구의 오토바이를 빌려서라도 타고 오는 의지(?)를 보였다. 그런데 날이 풀리면서 슬슬 지각이 늘었다. 교내봉사 처분을 몇 번 받아도 잘 고쳐지지 않아 심각하게 물었다.

　"금성아, 너 지각하는 특별한 이유가 있냐? 사정이 있으면 쌤이 좀 도와줄 방법이 있지 않을까 해서 말이야."

　그렇게 묻고도 몇 번을 재촉하고서야 그에게 시내에서 혼자 자취하고 있다는 이야기를 듣게 되었다. 이어서 아버지는 원양어선을 타시기 때문에 자주 볼 수 없는 대신 용돈이나 가끔 보내주신다는 말을 보탰다.

　"그럼 어머니는?"

　경력 10년이 넘는 지금은 아이들의 가정 상황에 대해서 이렇게 갑작스럽고 거칠게 묻지 않으려고 애쓴다. 아무렇지 않게 대답하는 척하지만 친부모와 살고 있지 않은 아이들의 제 나이에 어울리지 않는 대답에서 느껴지는 그 쓸쓸함과 씁쓸함, 그것을 여러 번 맛본 뒤로는 말이다. 그러나 그때는 나도 어렸다. 새로 어머니가 된 그분과 사이가 너무 나빠 한집에 살 수 없으니 어쩔 수 없이 나와서 살고 있다는 말을 듣고도 그때의 나는 참 손쉽게 말했다.

"인마, 그래도 니 인생인데 니가 스스로 잘 챙겨야지!"

수긍인지 체념일지 모를 금성이의 대답 뒤로 시덥잖은 내 경험 몇 가지를 곁들이며, 나는 참 순진하게도 그가 바뀔 것이라 믿었다. 하지만 그 뒤로도 금성이는 지각뿐만 아니라 흡연 등 몇 가지 잘못이 반복되고 겹쳐 결국 퇴학 처분을 받는 데 이르렀다. 그날도 그의 아버지는 학교에 오시지 못했고, 금성이는 홀가분한 건지, 이렇게 될 줄 알았다는 건지 특별한 반응도 없이 무덤덤하게 학교를 떠나갔다.

혼란스러웠다. 인생의 길이 학교에만 있는 건 아니지만 세상에 내세울 만한 기술도 특기도 용기도 목표도 없는 아이 하나를 덜렁 학교 울타리 밖에 도려내 놓을 만큼 지각과 흡연이 큰 잘못이었을까. 내가 조금만 더 신경 썼더라면, 조금만 더 아이를 설득하고 바뀌도록 노력했더라면, 이런 결과는 없었으리라 자책하며 애꿎은 술을 퍼마셨다. 모두가 내 탓이다.

밤 열두 시쯤 되었을까, 모르는 번호로 전화가 왔다.

"금성이 담임 선생님이죠?"

"네, 누구시죠?"

"······ 후우······"

수화기 너머에서도 느껴지는 술 취한 이가 내뱉는 숨소리. 나도 취했으나 직감적으로 금성이 아버지임을 느꼈다.

"당신이 선생이 맞소? 선생이면 말이야 씨발, 어? 애가 좀 잘못해도 잘 타일러서 데리고 가르치고 해야지 이렇게 퇴학을 시키면 어떡하나 어?"

지금의 나였더라면 자가용도 있고 하니 아침에 그 녀석을 깨우러 가서 학교로 데리고 오거나, 같은 방향에서 오는 아이들을 순서를 짜서 깨워서 데려오라고 했을 것 같다. 그것도 여의치 않으면 무능력한 담임인 체하며 몇 번씩 지각을 슬쩍 눈감아 주면서 학교 밖으로 내보내진 않았을 것 같다. 하지만 그땐 그게, 학교에 정해진 규정대로 행동하는 것이 옳다고 여겼다. 그런데 왠지, '규정대로 했다'는 말이 목에 걸려 나오질 않았다.

"······ 죄송합니다."

그 이후로도 한동안 욕설이 이어졌다. 전화가 끊어지고, 나는 어둑한 창가에서 창밖 도로를 달리는 오토바이들을 물끄러미 바라보았다. 어쩌면, 저 오토바이 중 하나에 금성이 네가 타고 있는 게 아닐까.

영화 〈경관의 피〉에 나오는, 정의로운 경찰 역을 맡은 배우 조진웅의 대사 중엔 이런 게 있다. 경찰은 회색지대에 서 있어야 한다고. 그때의 내가 이런 질문을 받는다면 뭐라고 대답했을까. 교사는 교칙의 집행자인가, 학생의 변호인인가, 아니면, 역시 늘 갈팡질팡하면서 회색지대에 서 있는 자인가.

## 오빠도 술이 웬수다

지방 소도시나 읍면 지역에서는 퇴근 후에 할 만한 일이 별로 없다. 그 지역 출신이 아니라면 만날 사람도 없고 자가용이 없으면 갈 수 있는 곳도 한정적이다. 선배 교사들은 초임 교사들을 그냥 두지 않았다. 그들로 인해 나의 저녁 시간은 거의 매일 술자리로 채워졌다. 낮 동안의 격무와 거친 아이들과 씨름하는 일로 지쳐 저녁엔 좀 쉬고 싶어도, 그 선배 교사가 만약 학교 내 또는 근처 관사에 살고 있다면 도망갈 곳도 없다. 선배들이 나를 위로하러 일부러, 굳이, 찾아와 주기 때문이다.

나는 그날도 그날 해야 할 업무를 채 다 마치지 못한

채 선배들의 호출로 시내 모처에서 마구 때려 부은 술을 게
워내던 참이었다. 지금이라면 요령 있게 꺾어도 마시고 화
장실에도 자주 가고 밖에 나가서 바람도 쐬고 했으련만 그
때는 여러 사람의 말을 잘 듣고 그 자리에 붙박이로 있으면
서 주는 대로 넙죽 잘 받아 마시는 게 사회생활이라 믿었다.
그 덕에 아직은 싱싱하던 내 간이 알코올의 침략을 자주 거
부했고 위장의 펌프질로 내 식도는 늘 역류성 질환에 시달
렸다. 좀 전에 먹었던 산오징어가 중력의 방향을 거슬러 몸
밖으로 나오는 것을 본 순간, 그날은 다시 그 공간으로 돌아
가고 싶지 않았다. 훅 불어오는 유월의 더운 바람을 등진 채
정한 데 없이 걷기 시작했다.

　몇 분이나 걸었을까. 생각은 멈췄지만 내 발길은 다시
불이 환하고 사람들의 소리가 시끄럽게 들리는 대로로 향하
고 있었던 듯하다. 문득 낯모르는 사람들 틈에 행여 휩쓸리
지 말라는 듯 어디선가 나를 부르는 듯한 소리가 들렸다.

　"어머! 오빠!"

　이상하다. 나는 여동생이 없다. 나를 오빠라는 호칭으
로 부를 만한 후배도 이 타지에 있을 리가 없다. 그런데 왜
내 귀에 이런 말이 들리지. 그 말은 곧 청각이 아닌 촉각으

로도 다가왔다. 누군가 내 오른편 팔짱을 끼며 다시 나를 불렀기 때문이다.

"야 인마! 죽을래? 이게 어디서 선생님한테 오빠래 오빠는! 이거 안 놔?"

오늘 낮에도 학교에서 국어 수업을 함께 했던 하영이였다. 학교에서도 가끔 복도를 지나가는 내 뒤에 달려와 업히거나, 뒤에서 배를 껴안는 것과 같은 선을 넘는 장난을 종종 치는 아이였다. 그날도, 손바닥만한 짧은 치마, 어울리지 않게 새빨간 립스틱, 얼근하게 취한 듯 얼굴도 벌겋게 달아오른 하영이가 손에 라이터와 담뱃갑을 쥔 채 내 팔에 매달려 있었다.

"술 드시러 오셨어요? 쌤들 회식이에요?"

물속에서 소리를 듣듯 허우적거리다 오만 가지 생각이 스치면서 정신이 번쩍 들었다. 혹여나 학부모들이 이 번화가를 지나다가 웬 술 취한 어린 애랑 실랑이하고 있는 걸 보기라도 하면, 학원이든 알바든 마치고 집에 가는 길에 학생들이 이 모양을 보기라도 하면, 문득 술에서 깬 이 녀석이 멀쩡하게 팔짱을 대 주고 있는 날 보고 이 인간이 날 추행한다고 생각이라도 하면. 어떻게 고생하며 된 선생님인데 이런 사소한 일로 오명을 쓰고 그만둘 순 없었다. 팔을 뿌리치고 냅다 달리기 시작했다. 대체 이런 경우엔 어떻게 대처해야 자연스럽고 노련한 건지 선배들에게 물어보기 위해 아까의 그곳으로.

다행히 시간이 생각보다 얼마 지나지 않아서인지 내가 오징어와 재회했던 그곳에 선배 몇이 담배를 문 채 서 있었다. 대체 어딜 갔다 왔냐는 몇 마디 잔소리를 듣고 그들에게 다시 끌려 내려갔다. 분명히 1차로 삼겹살을 먹고 2차로 노래를 부르자고 해서 따라온 곳인데 잠시 자리를 비웠다가 다시 온 곳은 사뭇 분위기가 좀 끈적해져 있었다. 함께 왔던 이들 중 몇몇은 집으로 돌아갔고 남은 이들 중 누군가가 즐거운 분위기를 도와주시는 아주머니들을, 그러니까 도우미 님들을 몇 분 불렀던 것이다. 그런 경험이 없어서 그쪽은 잘 쳐다보지도 못하고 앉아서 맥주만 홀짝거리는데 옆자리에 앉은 선배가 어깨를 툭툭 치며 말했다.

"야, 야. 자연스럽게 행동해."

"예?"

"저기 저 아줌마, 2학년 준하 엄마잖아."

"예에?"

놀란 내 표정을 봤는지 못 봤는지, 그 공간 안에 있는 사람들은 그저 자기의 일들에 충실했다. 마시고 싶은 사람은 마셨고 엉키고 싶은 사람은 엉켰고 노래를 부르고 싶은 사람은 불렀다. 내가 맡은 담임 반에도 그런 친구가 하나 있었다. 부모님은 이혼했고 아빠와 연락은 되지만 생업 때문에 다른 지역에 살아서 얼굴을 보는 건 드문 듯했다. 양육비 분담도 불분명했는지 학기 초에 상담할 때 엄마가 저녁에 노래방 도우미로 일한다고 남의 일처럼 무심하게 말하기에, 아는 사람의 가겟일을 도와주시거나 노래방에서 일하시더라도 카운터를 보거나 주방일을 하시는 걸 잘못 알고 있는 거라고 마음대로 생각했다. 그 기억과 겹쳐 저편을 보노라니, 아이에게 학비와 버스비와 밥값을 쥐어 주기 위해 이 밤중에 처음 낯모르는 남자와 어울려 저 감정 노동을 하는 어머니에게 앞으로는 떳떳하게 낮에 일하는 학습지 교사, 요구르트 배달 또는 하다못해 식당에서 설거지라도 하지 않겠느냐고 함부로 말하지 못하겠다고 잠시 생각했다. 노래가 점점 잦아들고 다들 몸속에 흐르는 게 물인지 술인지 분간하기 어려워질 무렵, 그 아주머니가 내게 말을 걸어왔다.

"삼촌은 말씨가 다른데? 어디 저 밑에 지방에서 왔어

요?"

"예. 티가 났나 봐요. 부산에서 왔습니다."

그는 갑자기 자기 핸드폰을 꺼내 웬 젊은 여자의 사진을 보여 줬다.

"우리 애가 부산에서 대학을 다녀요. 멀리 보내 놓고 용돈이고 뭐고 잘 보내 줘야 되는데."

하며, 묻지도 않은 그 여자의 고교 시절, 대학 입학에 얽힌 이야기에 이어 그 댁의 가정사까지 줄줄이 꺼냈다. 나는 그의 잔을 연신 채워 주며 중간에 이야기가 끊기지 않도록, 그의 도우미가 되어 주었다. 쿵짝거리는 노래의 흥겨움과는 반대로 그의 목소리가 잠시 울먹이는가 싶더니 노래가 끝나는 타이밍에 살짝 앞서

"우리 애랑 나이가 비슷해 보여서 별 소릴 다했네요."

하는 말로 우리의 대화와 노래방의 시간은 끝을 맺었다.

그때 내가 주로 술 마시러 가던 그 도시는 제조업이나 생산 관련 산업 기반이 거의 없고 주로 관광업에 의존했다. 그래서 학부모들 가운데 유흥업에 종사하는 사람도 꽤 있었고 아이들도 졸업하고 나이트클럽 웨이터, 노래방 도우미

등으로 활발히 활동(?)한다는 풍문을 자주 들었다. 내가 학교에서 이 아이들에게 무언가 가르쳐서 —무엇을 배웠는가와는 별개로— 무사히 고등학교를 졸업시키더라도 이 사회는 그들을 학교에서 바라보는 것처럼 봐 주지 않고 적당한 울타리도 제공해 주지 않는다. 양질이라고 할 것까지도 없이 청년들이 진입할 수 있는 일자리는 적고, 그중에서도 여성들을 위한 일자리는 더욱 없는 대신 곳곳에 '여성들만을 위한 대출', '누구나 할 수 있는 쉬운 부업'과 같은 달콤해 보이는 함정들이 도사리고 있다.

이런 현실을 보지 않고 교실 안에서만 달콤한 시를 읊고 맞춤법을 가르치는 건 기만에 가깝지 않은가. 내가 그들의 나중의 삶을 책임져줄 수는 없지만 그들의 삶을 있는 그대로 마주하고 적어도 내가 하는 말에 부끄럽지 않으려면 이 사회의 모습부터 보아야 했다. 학교에만 매몰되는 나를 들어올려야 했다.

지금 그 여자는 대학을 무사히 졸업하고 엄마의 바람만큼 번듯한 직장에 들어가 잘 지내고 있을까, 상상해 본다. 그 밤의 노동을 통해 흘러간 엄마의 돈이 그 여자에게 어떤 열매로 맺혔을까를. 나처럼 교실에서 뭔가 먼저 공부해서 알게 되었을 뿐인 것들을 아는 체하는 노동만이 귀한 것이 아니라, 민망함과 구차함을 참고 낯모르는 사람을 도와가며 한 노동 역시 똑같이 아이를 기르고 삶을 이어가는데 소용 되었음을 겸손하게 받아들이고자 하는 선생도 하나 만들어 졌다고, 전하고 싶은데, 전할 길이 없다.

# 어두운 바다에 홀로
# 오징어배를 띄워놓은 것 같던
# 그 시간은 (1)

아이들이 특성화 고등학교에 진학하는 이유는 다양하다. 우선 '공부가 적성에 안 맞다'거나 '인문계 고등학교에 진학할 성적이 안 돼서'가 가장 많고, '어려운 가정 형편에 보탬이 되고자 한다'거나 '대학 등록금이 아깝다'는 이유들이 이어진다. 또 '일찌감치 사회 생활에 필요한 전문 기술을 배워서 내 밥벌이를 스스로 하겠다'는 기특한 마음들도 있다.

인문계 고등학교를 졸업한 아이들이 대부분 대학에 진학하는 것처럼, 특성화 고등학교를 졸업한 아이들은 3학년 때 현장 실습이라는 이름으로 먼저 사회로 나간다. 그러나 그들은 사각지대로 내몰리는 것이다. 학교에 있지 않은 사람

들도 뉴스에서 이 참담한 소식들을 접했을지 모른다. 제주
도 생수 공장에서 컨베이어 벨트에 끼어 사망한 친구, 여수
에서 요트 아래에 잠수해 조개와 해조류를 제거하다가 사
망한 친구, 진천 과자공장과 전주의 콜센터에서 선배의 괴
롭힘과 고객들의 폭언을 견디지 못해 스스로 목숨을 끊은
친구들. 이 실습 제도는 이름과 외피를 조금씩 바꾸어 계속
이어져 나간다.

지금에서야 이 제도가 얼마나 허점과 모순이 많은 제
도인지 조금씩 보이지만 그때의 나는, 마치 아이들이 졸업
전에 취업하지 못하면 사회의 잉여인간이 되는 양 여기던 새
내기 교사였다. '롯데리아'도 한글로 잘 못쓰는 녀석들을 사
회로 내 보내는 건 상상도 못 할 일이었다. 이런저런 고민을
하다가 아이들이 공구를 만지고 있는 실습장으로 갔다. 순
진하기도 하고 성격도 둥글둥글해서 친구들의 장난을 잘
받아주는 연규라는 녀석이 기계를 껐다 켰다 하고 있었다.
알파벳도 제대로 잘 모르는 녀석이 영어를 읽을 줄 알아야
움직일 수 있는 기계를 움직이고 있기에 칭찬을 좀 해 주려
고 말을 걸었다.

"오, 연규야. 너 그 스위치를 안 틀리고 조작하는구

나?"

"아 쌤~ 이 정도를 가지고 그러세요. 기계가 켜지면 위험하니까 빨간색, 기계가 꺼지면 안전하니까 초록색 아닙니까."

그랬다. 스위치 위에 쓰인 ON, OFF라는 영단어를 읽은 게 아니라 자기 나름의 방식으로 작동 방법을 이해한 거였다.

아직 군대 물이 덜 빠졌던 나는 이런 생각이 들었다. 군인이 전투에 나갔는데 총이 망가졌다. 그런데 여기는 전쟁터고, 무언가 나를 지킬 수 있는 무기가 없으면 죽는 건 시간 문제다. 그런데 이 망가진 총을 고치기 위해서 처음부터 총기의 구조와 원리를 익히는 건 바보 같은 짓이다. 그렇다면 지금 내가 가진 것과 주변의 상황을 최대한 이용해야만 한다. 허리에 칼을 차고 있으면 다행이고, 무기로 쓸 만한 게 없다면 주변에 있는 나무 줄기라도 꺾어서 창 대신 써야 한다. 적이 몰려들기까지 시간이 좀 있다면 최선을 다해 그 장소에서 벗어나든가, 적이 코앞에 있다면 몸에 진흙을 바르고 구덩이에 숨어 그들이 지나가기까지 기다려야 한다. 이 녀석들을 한글과 영어 기초부터 가르치기에는 시간이 없고, 내세울 만한 다른 특기도 마땅치 않으니 아예 다른 무기가 필요했는데, 그래서 생각해낸 게 국가기술자격증 취득이었다.

자동차 정비 기술이야 정규 교육과정에서 배우지만 그것만으로는 부족할 테고, 작년에 학교에 신설된 중장비반에서 힌트를 얻었다. 공사 현장에서 잔뼈가 굵었어도 필기시험을 통과하지 못해 중장비 운전면허를 따지 못하는 아저씨들이 많다고, —그때도 지금도 물론 불법이지만— 이 자격증을 그들에게 빌려주고 가만히 앉아 돈을 버는 이들도 많다고 주워들은 기억이 났다. 애들에게 그런 불법을 자행하라고 시키겠다는 게 아니라 그만큼 산업 현장에서 이 자격증의 효용이 크다는 반증으로 받아들인 것이다. 게다가 어디서든 끊임없이 토목공사가 벌어지는 우리나라에서라면 절대 굶어 죽을 걱정이 없을 것이다. 그래, 이거다.

국가기술자격증은 기능사, 산업기사, 기사, 기능장, 기술사 총 다섯 가지 등급으로 나뉜다. 기능사는 가장 낮은 단계의 자격증으로 제약 조건 없이 누구나 응시할 수 있다. 필기와 실기로 구성되는데 필기는 과목별 과락 없이 총점 60점 이상이면 통과다. 우리 학교 중장비 실습장에는 흔히 포크

레인이라고 부르는 굴삭기와 지게차 몇 대가 구비되어 있다. 짐을 싣는 파레트를 포크에 꽂아 지정된 장소까지 옮기거나, 굴삭기의 바스켓(흙이나 돌을 퍼담는 부분)이나 암(바스켓이 달린 구부러지는 팔 같은 부분)을 자유자재로 움직일 수 있는가 정도가 실기 과목의 주요 요소였다. 이 녀석들이 그래도 오토바이를 몰아 본 경력이 있어서 그런지 실기 실력은 아주 기똥찼다. 조금만 더 연습하면 굴삭기 바스켓을 바닥에 대고 중장비 본체로 브레이크댄스도 출 법했다. 실제로 이듬해의 내 결혼식 축하 영상에 아이들이 움직이는 지게차와 굴삭기가 등장하기도 했다.

문제는 필기였다. 일반적인 내용이면 냅다 시키면 되겠는데 이 필기시험 문제들이 어려운 외래어와 전문용어 범벅이라는 것이 가장 큰 문제였다. 예를 하나 들어보자.

1) 실린더 헤드 등 면접이 넓은 부분에서 볼트를 조이는 방법으로 가장 적합한 것은?
① 규정 토크로 한 번에 조인다.
② 중심에서 외측을 향하여 대각선으로 조인다.
③ 외측에서 중심을 향하여 대각선으로 조인다.

④ 조이기 쉬운 곳부터 조인다.

'음… 실린더 헤드가 뭔지는 모르겠지만 일단 볼트를 조인다고 하니 한 번에 조이면 팔이 꼬일테니 ①은 탈락. 내 평소 인생관에 따르면 ④지만 설마 이게 답일리는 없고 그럼 ②아니면 ③인데…… 볼트에 소용돌이 같은 홈이 있으니까 가운데로 몰려들겠지. 그럼 ③이다. 근데 볼트를 대각선으로 어떻게 조인다는 거지.'

정답은 ②다. 해설을 읽어본다.

가스켓같이 고무재질이 밀릴 수도 있고, 한쪽 방향부터 조이게 되면 반대편 방향 나사구멍이 안 맞을 수도 있기에 (…) 이음부에서 누유가 생길 수도 있기에 현장에서는 대각선으로 조이는 방식을 선택하고 있습니다.

'가스켓? 나사구멍이 반대편에도 있다고? 누유?'

지금도 집에 무언가 고장이 나거나 전구가 나가면 아내는 나를 찾는 대신 본인이 직접 고치거나 인터넷에서 해결 방법을 찾곤 한다. 가장의 체면이 말씀이 아니다. 멀쩡하던 드라이어나 리모컨도 내가 만지면 퍽 하고 고장 나는 징크스를 가진 덕분이다. 그런 내게 닦고 조이고 기름 쳐야 하는 기계는 너무도 먼 당신이었다. 하지만 이왕 마음먹은 거 조금 더 나가보기로 했다. 자동차 정비기능사 자격증 취득 방과후수업을 운영하시던 자동차 전공 박 부장 선생님을 찾아갔다.

"저, 부장님. 혹시 괜찮으시다면, 제가 부장님 수업을 좀 들어도, 괜찮을까요?"

"응? 이 선생 방과 후 수업도 공개수업을 해야 되나?"

"저, 그게 아니라……"

아이들에게 자격증이라도 한두 개 더 따게 해 주고 싶은데 이 녀석들이 공부할 마음도 없거니와 하려고 해도 너무 무식하다, 내가 도와주고 싶은데 나도 이게 뭔 말인지 도통 모르겠다, 그러니 내가 위대하신 우리 부장님의 수업을 듣고 애들이 아는 말로 번역해서 필기시험에 합격할 수 있도록 하겠다 등등 온갖 구구절절한 말을 늘어놓았다.

교사들에게 자신의 수업을 다른 이에게 보여주는 일은 대단한 용기가 필요한 일이다. 그만큼 교실은 독립적이고 교사 개인의 영향력이 지대한 공간이다. 그러나 부장 선생님은 흔쾌히 내 부탁을 받아들여 주셨다. 정년까지 얼마 남지 않으신 분이셨는데 어찌 보면 굉장히 당돌하게 느껴질지도 모를 후배의 부탁을 들어주시는 모습을 보며 나도 그 연세가 되었을 때 꼭 그러리라 마음먹었다. 그 기억 덕분에 내 수업 장면을 보길 원하는 후배나 동료들에게는 언제든 그러시라 말씀드리고 교실 문을 연다. 내가 특별한 수업 기술이 있거나 매시간 박수를 쏟아내게 하는 강의력이 있어서가 결코 아니다. 그렇게 가깝지 않은 동료에게 수업을 보여달라고 말하는 용기에 격려해 주고 싶은 마음, 그렇게 용기 내서 찾아오기까지 홀로 느꼈을 좌절과 어려움, 그 과정을 나 역시 겪었다는 것을 알려줌으로써 결코 혼자가 아니라는 위로를 전하고픈 마음 때문이다. 그때의 박 부장님은 내게 그런 마음속 촛불 하나를 켜 주신 셈이다.

각설하고, 허락을 받은 바로 다음 주부터 정규수업이 끝난 후 업무도 제끼고 퇴근도 미룬 채 방과 후 수업에 들어갔다. 아이들의 자리에 앉으니 허벅지가 책상을 들어 올릴 만큼 꽉 끼었다. 불편한 의자에 앉아 50분 동안 앞에 선 사람의 말을 듣고만 앉아 있자니 좀이 쑤시고 졸려서 죽을 지경이었다. 그때의 경험 덕분에 50분 내도록 강의만 하는 수업은 절대적으로 하지 않으려고 한다. 최대한 아이들이 자기 얘기를 하거나 글을 쓰도록 하고, 강의할 내용이 많더라도 수업을 중간에 끊고 과제를 준 뒤 빈자리에 앉아서 아이들의 시선으로 교실을 둘러본다. 어느 지점에 졸음 도깨비가 내려앉아 있는지, 어디에 지루함 귀신이 붙어서 아이들은 교실 밖 다른 세상으로 홀려서 데리고 가는지.

담임 선생님과 함께 수업을 듣게 된 아이들은 아마 꽤나 고역이었을 거다. 왁자지껄 떠들면서 제멋대로 한 2~30분만 앉아 있으면 되었던 수업이, 50분 동안 숨소리도 못 내고 꼼짝없이 앉아 있어야 하는 환경으로 바뀌었기 때문이다. 그렇게 수업을 2~3주쯤 들으니 모르던 말들도 조금씩 들리고 기계의 원리도 조금씩 이해가 되면서 아이들에게 조금 더 쉬운 말로 설명하는 게 가능해졌다.

"야 만수야 스키 탈 때 무조건 직진하는 게 아니라 대각선으로 내려가잖냐. 그러니까 기름칠해놓은 나사도 미끄러지지 않게 대각선으로 조이는 거야."

이 기능사 필기시험이라는 것이 매번 새로운 문제로만 구성되는 게 아니라 기출문제를 모아놓은 문제 은행에서 무작위로 조합되는 형태라는 것도 많은 도움이 되었다.

나는 공부를 좀 우악스럽게 하는 타입이다. 학창 시절에 수학을 참 못했다. 기초가 부족하기도 했지만 제대로 공부해 본 적도 없어서 다른 과목 점수로 평균을 메우는 식으로 피해왔기 때문이었다. 하지만 고3이 되어 대학은 좋은 델 가고 싶으니 점수는 올려야겠는데, 당연히 방법을 알 리가 없었다. 그래서 영어 사전을 외우듯 공통수학의 정석, 수학 I의 정석을 풀이집까지 필사해 보기로 했다. 그렇게 세 번쯤 반복하니 모의고사 문제가 정석의 어느 단원의 어느 문제가 변형된 것인지까지도 보이기 시작했다. 그렇게 국사 교과서도 베껴 쓰고, 사회문화 교과서도 베껴 쓰고, 기능사 시험도 마찬가지였다. 아이들 몰래 인터넷에 올라와 있는 굴삭기, 지게차운전기능사 필기시험을 대여섯 번 풀어보니 이미 합격선을 훌쩍 넘길 수 있었다. 아무리 공부해 본 적 없는 이 인간들이라도 기출문제 풀이를 한 스무 번쯤만 하면 필기시험에 합격시킬 수 있을 것 같았다. 그러자니 시간이 문제였고, 결국 우리 반에 특단의 계엄조치를 발령하게 되었다.

"내일부터, 특별한 이유가 있는 자들을 제외하고, 야간 자율학습을 시작한다."

# 어두운 바다에 홀로
# 오징어배를 띄워놓은 것 같던
# 그 시간은 (2)

"야간 자율학습이요? 그게 뭔데요?"

"밥 줘요?"

"에이 쌤 우리가 무슨 인문계도 아니고."

"시끄러 인마. 야자는 무슨 인문계 애들 전용이냐. 우리도 필요하면 하는 거지. 그리고 전원이 시작하는데 필기시험 합격한 사람들만 탈출이야. 실기는 다들 잘할 테니까 필기만 통과하면 자격증 딴 거나 다름없어. 대신 저녁은 쌤이 매일 컵라면 큰사발 하나씩 준다."

중학교나 인문계 고등학교에 다니는 아이들은 대부분 학교 수업을 마치면 학원엘 간다. 물론 공부를 위해서도 가지만 요즘은 거기가 친구를 사귀고 시간을 보내는 주요한 장소다. 맞벌이하는 부모가 많고, 여러 가지 사정으로 집에 아이를 홀로 두기 힘든 가정이 많아지면서 낮에 학교가 담당하던 보육의 기능이 상당 부분 학원으로 이양되었다고 봐도 될 듯하다. 인문계 고등학교에서 근무하던 시기에는, 방과 후에 아이들과 뭘 하려면 그놈의 학원 스케줄을 맞추느라 무척 애를 먹었다. 하지만 당시의 우리 반 아이들은 다행히도(?) 학원에 가는 게 의미가 없을 뿐더러 그럴 만한 형편이 안 되는 아이들이 많았다. 덕분에 알바하는 일부 아이들을 제외하고는 거의 모두가 야간 자율학습에 참여했다. 내가 당시의 여친이자 현재의 아내를 만나러 가야 하는 금요일을 제외하고 4일 동안 여섯 시 반부터 여덟 시 반까지 두 시간을 하는데, 앞의 한 시간은 기출문제 1회 분량을 나와 함께 풀었다. 낮에 하는 국어 수업보다 준비 시간이 더 걸렸다. 전공 분야가 아니니 나에게도 공부가 필요했다. 두 번째 시간에는 다른 회차의 기출문제를 풀게 하고 점수를 확인한 뒤 집으로 보냈다.

처음 해 보는 일이라 좀 어색하긴 해도 그날의 기출문제를 골라 아이들 수만큼 출력하고 그날 먹을 컵라면을 미리 사다 놓고 어려운 단어들을 설명할 쉬운 예시와 대체어를 고민하는 일에는 금세 익숙해졌다. 하지만 그보다 견디기 어려웠던 것이 주변의 우려 섞인 시선과 외로움이었다.

"공부하고 담쌓은 녀석들이 야자가 가당키나 해? 저러다 말겠지. 끝이 뻔히 보이는데."

나에게 대놓고 그렇게 말하는 선배는 없었지만 둘러둘러 들려오는 말들에 가슴앓이한 적이 많았다. 어차피 차도 없고 만날 사람도 하나 없어서 관사에 혼자 있는 것보다야 훨씬 재미있고 보람 있는 일이라 생각했는데

"저 인간 저거 초과근무 수당 받는 재미에 맛 들려서 괜한 일 벌이는 거 아냐?"

라는 말을 들은 날엔 가슴이 저릿한 것이, 일주일 내내 먹어도 물리지 않던 사리곰탕면을 앞에 두고서도 입맛이 돌지 않아 한 젓가락도 먹지 못한 채 변기에 그냥 버리기도 했다. 청소 여사님 죄송해요. 내리는 물 타이밍에 맞춰 깨끗이 내려보냈어요.

그래도 아이들과 함께 하는 시간만큼은 즐거웠다. 솔직하게 말하면 이 못난이들을 남들이 하는 것처럼 그럴듯하게 교실에 붙잡아 앉혀놓았다는 자기 만족이 가장 컸다.

왠지 멋진 교사 같으니까. 하지만 내 마음이야 어쨌든 복학생 몇을 제외한 아이들은 꽤 열심히 참여했다. 다른 아이들은 수업을 마치자마자 집으로 가는데 자기들은 남아서 무려 '공부'를 한다는 상대적 우월감, 그로 인해 입학했을 때보다 조금 더 나은 사람이 된 것 같은 자존감이 드러났다. 일단 학교 정규수업이 끝나는 네 시 반부터 야자를 시작하는 여섯 시 반까지 반 친구들과 매일 운동장에서 뛰고 구르는 것만 해도 큰 의미가 있었다. 아이들의 몸과 마음의 성장에 있어서 단체 스포츠든 개인 스포츠든 운동의 역할이야 말해 무엇하리. 내가 가르친 걸 다시 자기네들의 말로 바꿔서 서로 설명해 주는 모습을 볼 땐 주제넘게도 '이런 게 가르치는 보람이구나!' 싶은 것이었다. 덕분에 좀 덜 익은 컵라면을 먹어도 질리는 줄 몰랐다. 그렇게 두세 달이 지나자 필기 합격자들이 서서히 나타나기 시작했다. 국어, 영어, 수학 같은 교과 공부를 안 했을 뿐이지 일머리 있고 눈치 빠른 친구들이었다. 합격 확인을 한 날 종례를 마치면서

"야! 나는 이제 야자 안 한다! 너희들은 빽이 쳐라~!"

하고 까불다가 허공을 가르는 나의 이단옆차기를 맞으면서도 스스로 뿌듯해하던 그 얼굴이 눈에 선하다.

아이들은 자신의 낙인에서 벗어나지 못했다.

"난 공부랑은 거리가 멀어. 난 안돼."

그러한 마음이 누적되면서 그들은 글자와 멀어지는 쪽을 택했다. 이 학습된 무기력은 공부에서뿐만 아니라 삶의 모든 영역에 큰 영향을 미친다. 어차피 해도 안 될 테니 시도조차 않아 삶이 갈수록 무료해진다. 그러나 뇌는 늘 자극을 원하니까 짧은 시간에 만족감을 느낄 수 있는 음주, 흡연, 게임에 몰두하게 된다. 요즘은 인터넷을 이용한 불법 스포츠 도박도 청소년들 사이에서 큰 문제들이 되고 있다. 그래서 이런 친구들에게는 일상 속에서 조그만 성공 경험들을 반복해서 제공하고, 현상을 달리 해석할 수 있도록 도와주는 것이 절실하다. 그날 기출문제를 푼 점수가 엉망이라 풀 죽은 아이에겐

"야! 이 많은 문제를 니가 끝까지 읽고 다 풀었어? 이게 글자가 얼마나 많은데 영어도 많고. 넌 오늘치 밥값 다 했어!"

연거푸 필기시험에 불합격한 아이에겐

"두 달 전을 생각해봐. 두 달 전 오늘의 넌 PC방에서 게임하고 있었을 거야. 지금은 어때. 더 나아지려고 노력하

는 사람이 되어 있잖아. 그럼 두 달 후엔 어떨까?"

그렇게 유지해나가던 우리 반에도 함께 몇 달쯤 공부하던 친구가 먼저 합격하고 나간 틈엔 잠시 숨죽이고 있던 무기력감이 다시 스멀스멀 피어올랐다. 갖은 핑계를 대고 야자에 빠지거나 자리에 있다가도 말없이 그림자처럼 스윽 사라지는 아이들, 앉아 있어도 창밖을 보며 멍 때리는 아이들이 늘어갔다. 외부의 도움이 절실해지던 즈음, 학교에서도 아이들에게 지원을 시작했다. 야자에 참여하는 아이들에게 제대로 된 저녁 식사를 제공해 주겠다고 나선 것이다. 학교 앞 백반집에서 저녁밥을 먹을 수 있도록 조치해 주었다. 밤바다에 홀로 떠 있는 오징어잡이 배처럼 달랑 교실 한 칸의 불로 어둠과 외로이 싸우던 중 등대가 켜진 것 같기도 하고 또 다른 배들이 어깨를 나란히 하고 나타난 것 같기도 한 느낌이었다. 덕분에 아이들도 다시 힘을 내기 시작했다. 처음처럼 합격자가 나오는 페이스도 아니었고 여섯 번, 일곱 번씩 시험을 봐도 결국 필기시험에 합격하지 못하는 아이들도 있었다. 하지만 이후로 우리 반에서 무언가 해 보자고 했을 때 못하겠다, 안 될 거다, 라는 말을 듣는 일은 거의 없었다. 본인이 각오를 가지고 무언가 해 보려고 하면 주변에서 도움

받을 수 있는 방법이 많다는 것, 자신은 충분히 기대와 응원을 받을 수 있는 사람이라는 것을 그때 느꼈기 때문일 것이다. 축제 때 합창 공연을 해 보자고 할 때도, 몇 년 후의 이야기지만 낯선 곳으로의 취업을 앞두고 있을 때도

"야, 우리가 그때 담임쌤한테 맨날 혼나가면서 야자도 했는데! 우리 학교에서!"

라는 말로 용기들을 냈다. 아마 아이들에게는, 단순히 학교에 남아 공부했던 시간이 아니라 잃어버렸던 자존감을 찾는 시간이 아니었을까. 그리고 그때를 떠올리면, 나 역시도 언제나 새로운 것을 시도할 용기를 얻는다.


그렇게 시작된 야간 자율학습과 문제 풀이 수업이 지속된 지 일 년을 좀 넘겼을 때였다. 그날은, 서른을 맞는 내 생일이었다. 금요일이면 신나게 당시의 여자친구이자 현재의 부인이 된 그분을 만나러 갔을 텐데 하루 차이로 목요일이었던지라 많이 갈등했다.

'오늘만 야자를 쉬자고 할까? 음, 생일이니까 술이나 마시러 간다고 하면 좀 민망하고, 급하게 처리할 일이 있다고 할까? 아니야. 그래봐야 교실은 2층이고 교무실은 1층인걸.

집에 급한 일이 있다고 할까? 우리 집이 여기서 열두 시간쯤 가야 있지만……'

마음속에서 엎치락 뒤치락 하던 천사와 악마의 싸움은 야자를 끝내고 학교 앞 호프집에서 홀로 생맥주나 한 잔 때리자는 신사협정으로 마무리되었다. 6시 25분, 아이들이 대충 식사를 마치고 수업 준비가 되었을 시간이라 그날 공부할 문제지들을 들고 2층으로 걸어 올라갔다. 그런데 이상했다. 분명히, 복도를 뛰어다니고 있거나, 좀 전까지 축구를 하고 들어와서 씻느라 왁자지껄해야 할 곳이 너무 조용했다. 화장실에도 교실에도 불이 다 꺼져 있어서 순간 공포영화의 한 장면 속으로 들어왔나 싶을 정도였다. 교무실에서 다른 일을 처리하느라 미처 느끼지 못했지만 평소와 달리 운동장 쪽에서 공을 차는 소리도 들리지 않았던 것이 퍼뜩 생각났다.

그러나 이상하다는 생각도 잠시, 발끝으로부터 정수리까지 분노가 치밀어 올랐다.

"아니, 열두 명이 작당해서 다 같이 야자를 째? 겁도 없이?"

이놈의 학교는 왜 내 생일마다 이런 이벤트를 벌이는

건지. 처음 인사하러 왔던 날 무서운 여관에서 도망쳐 나와 하염없이 걷던 그 새벽이, 환영 회식에서 주는 대로 술을 받아 마시다가 이틀을 앓아누웠던 일이 차례로 떠올랐다. 결혼도 한 달 반이 채 남지 않아서 그렇잖아도 스트레스 받는데 이놈들이 기름을 붓는구나. 내일 아침의 칼춤을 다짐하며 뒤돌아 내려가려는데 옆 교실에서 인기척이 들렸다. 깜깜한 교실에서 정체 모를 소리가 들리니 온몸의 털이 곤두섰다. 사람 마음이란 게 묘하게 또 그런 소리가 들리면 가서 확인해 보고 싶은 마음이 든다. 공포영화에서 그러면 무조건 죽지만, 그게 전개를 위한 억지 설정이 아니라는 건 늦은 밤 불 꺼진 학교에 있어 본 사람이라면 안다. 아랫배가 싸르륵 아파 오는 긴장감을 누르고 옆 반 교실 문을 슬쩍 열었다.

"꾸웨에엑"

"너 땜에 들켰잖아 인마!"

"아니 옆에 이 새끼가 웃어서!"

"선생님! 생신 축하드립니다!!"

긴 초 세 개가 꽂힌 노란 고구마 케이크 주위에 둘러서 있는 열두 명의 아이들. 현석이, 윤규, 윤철이, 승리, 희민이, 준형이, 규설이, 창환이, 도완이, 희원이, 진수, 민수. 생일

축하 노래를 들어본 지가 한 15년은 된 듯하다. 나와 띠동 갑인 시커먼 남자 녀석들에게 듣고 있노라니 머쓱하기도 했지만 콧날이 시큰해져서 먼 산을 바라보고 있었다. 촛불을 불어 끄고선 쑥스러운 마음에 괜한 소릴 했다.

"야 인마 누가 이런 거 시켰어? 자 이제 공부하자. 불 켜!"

교실 불을 켜려고 뒤로 돌아서다 마주한 교탁엔 흰 밥과 미역국. 부추무침, 계란부침이 담긴 반찬 접시. 아마도 의도대로 되지 않아 결국 파리바게트에서 케이크를 사게 만들었을 것만 같은 초코파이 무더기. 그리고 칠판에는 생신 빵 삼십 대만 맞자는 축하 메시지와 뜨거운 첫날밤을 보내라며 결혼을 축하한다는 메시지들이 뒤섞여 괴발개발 쓰여 있었다.

"야. 이게 무슨, 야, 야……"

무방비 상태의 빈틈을 놓치지 않은 녀석들은 손가락에 케이크 크림들을 듬뿍 찍어 내 얼굴에 처발랐다. 그렇게 얼굴에 고구마 무스와 생크림을 잔뜩 바른 채로, 종례를 마친 뒤에 버스를 타고 집에 가서 끓—였다고는 하지만 아마 누군가의 어머니가 90% 이상을 대신해 주셨을—여 온 미역국을, 엄마에게 물어물어 모양이나마 비슷하게 무쳐 온 부추무침을, 일터에 나가신 어머니 아버지 대신 동생과 함께 부쳐 먹던 실력을 발휘한 계란 부침을 열두 명이 지켜보는 가운데 맛있게도 먹었다. 음식을 차려두고 혹여나 미리 들통날까 봐 숨죽여 웃던 그 시간은 아이들에게 어떤 느낌이었을까. 야자 시간 시작 전에 맞추려고 치킨집 사장님을 들들 볶아 닭을 네 마리 튀겨 온 녀석도, 늦여름임에도 국이 식을까 봐 보온병에 담아 온 녀석도 내가 먹는 모습을 흐뭇하게 바라보고 있었다.

선배 선생님들의 말씀에 따르면, 첫 학교, 첫 담임의 기억은 교직을 떠나는 순간까지도 잊을 수 없을 거라고들 한다. 무엇이든 처음이라는 건 그렇게 강렬하게 마련이니 왜 그런지 어렴풋이 짐작만 했을 따름이다. 오죽하면 한용운 선생님이 첫 키스를 '날카롭'다고 표현하셨을까. 처음이라는 것은 그 자극이 얼마나 크든 작든 간에 그다음 삶의 양식과 가치관에 절대적인 영향을 미치게 마련이다. 한 번뿐인 경험이라서가 아니라, 무의식과 기억 속 어딘가에 남아 다음의 인생이 어디로 흘러갈지를 결정하고야 만다.

이광수의 〈무정〉이라는 소설이 있다. 구한말을 배경으로 한 이야기인데 주인공 형식이가 전여친, 현여친, 전여친의 친구(모두 여성)와 각자의 사정으로 기차를 타고 가다가 우연히 만나 수해를 입고 괴로워하는 조선 민중들을 보면서 이런저런 이야기들을 주고받으며 기존의 애정 갈등 관계를 넘어서 민족적 사명에 대해 각성한다는 줄거리다. 이 무슨 해괴한 설정인가 싶지만, 1917년에 발표된 이 작품의 설정이 100년이 넘게 지난 지금도 여기저기서 외피를 달리해 되풀이되고 있으니 한 번쯤 읽어봐도 어색하지 않으리라 생각한다. 마지막 부분의 일부를 인용해 본다.

"그네의 얼굴을 보건대 무슨 지혜가 있을 것 같지 아니하다. 모두 다 미련해 보이고 무감각(無感覺)해 보인다. 그네는 몇 푼어치 아니 되는 농사한 지식을 가지고 그저 땅을 팔 뿐이다. 이리하여서 몇 해 동안 하느님이 가만히 두면 썩은 볏섬이나 모아 두었다가는 한 번 물이 나면 다 씻겨 보내고 만다. 그래서 그네는 영원히 더 부(富)하여짐이 없이 점점 더 가난하여진다. 그래서 (몸은 점점 더 약하여지고 머리는 점점 더) 미련하여진다. 저대로 내어 버려 두면 마침내 북해도의 '아이누'나 다름없는 종자가 되고 말 것 같다.

저들에게 힘을 주어야 하겠다. 지식을 주어야 하겠다. 그리해서 생활의 근거를 완전하게 주어야 하겠다.

"과학(科學)! 과학!"

하고, 형식은 여관에 돌아와 앉아서 혼자 부르짖었다. 세 처녀는 형식을 본다.

"조선 사람에게 무엇보다 먼저 과학(科學)을 주어야겠어요. 지식을 주어야겠어요."

하고 주먹을 불끈 쥐며 자리에서 일어나 방 안으로 거닌다."

**이걸 그때의 나에게 대입해서 바꿔 써 보면 이쯤 될까.**

"이 녀석들의 얼굴을 보니 지혜는커녕 지능도 높을 것 같지 아니하다. 모두 다 미련해 보이고 그저 야동과 먹을 것, 담배만 밝히는 것처럼 보인다. 그래서 선배들이 오라 하면 오고 가라 하면 가면서도 학교에서 하란 건 지독시리 하지 않는다. 그래서 이 녀석들은 점점 더 나아지는 일 없이 점점 더 가난해질 것이다. 그래서 몸과 마음의 건강도 나빠지고 결국 대충 그럭저럭 그날 그날을 수습하며 살아가게 될 것이다. 저 아이들에게 힘을 주어야 하겠다. 지식을 주어야 하겠다. 그래서 제 밥벌이는 제 손으로 할 수 있게 해 주어야 하겠다.

"자격증! 자격증!"

하고 나는 학교 안에 있는 관사에 돌아와 앉아서 혼자 부르짖었다.

"이 아이들에게 무엇보다 먼저 자격증(資格證)을 쥐어 주어야겠어요. 지식을 주어야겠어요."

하고 주먹을 불끈 쥐며 자리에서 일어나 방 안으로 거닌다."


교사가 된 지 1~2년 차 때까지의 난 아마 형식이가 되고 싶어 했던 것 같다. 답도 안 보이는 이 녀석들을 내가 그랬던 것처럼 제 밥벌이 정도는 부모에게 기대지 않고 제 손으로 할 수 있게끔 만들어 주고 싶었다. 그래서 마치 어미새가 그러는 것처럼 먹이를 꼭꼭 씹어 부드럽게 만든 다음 새끼들의 입속에 넣어주듯이 아이들의 머릿속에 지식을 꾸역

꾸역 집어넣어 줘야 한다고 생각했다. 대학을 졸업한 이후로 내가 해 본 사회 생활이라고는 군대에서의 경험뿐인데도 마치 사회에서 성공을 거둔 원로처럼 '시간을 잘 지켜야 한다, 조직에 순응해야 한다'와 같은 가치를 받아들이라고 윽박질렀다. 결국 그것은 나의 삶을 강요한 것일 뿐 아이들의 삶과 생각, 중요시하는 가치들을 모두 무시하는 일이었다. 그럼에도 불구하고 아이들은 나의 모든 것을 있는 그대로 받아들이고 인정해 주었다. 지식을 욱여넣는 것을 열정으로, 생활을 강제하는 것을 헌신으로 해석해 주면서 나라는 인간을 그렇게 키우고 있었던 것이다.

교직 생활 12년 차를 맞았지만 지금도 나는 나와 만났거나 혹은 만나고 있는 아이들에게 제자라는 말을 쉽사리 쓰지 못한다. '제자'라는 말은 '스승으로부터 가르침을 받거나 받은 사람'이다. 그럼 '스승'은 무엇인가. '가르쳐서 인도하는 사람'이다. 내가 아이들에게 무언가를 배우고 조금이라도 나은 인간이 되어 왔다면 아이들 역시 나의 스승이다. 그러니까 우리는 서로에게 스승이자 제자인 셈인데 나만 일방적으로 그들을 제자라고 부른다면 너무 불공평하지 않은가. 한 단어로 표현하기는 쉽지 않지만 제자라는 말 대신에

난 '○○년에 함께 공부했던 친구, ○○년에 내가 담임을 맡았던 친구'와 같은 말로 그들을 가리킨다. 그래, 친구. 사회적으로 합의가 되어 있는 단어의 의미를 나 혼자 바꿀 수 없지만, 그들을 그와 같이 일컫는 일은 적어도 내게 가르침을 준 아이들에게 보내는 내 최소한의 감사와 예의를 표하는 방식이다.

# 손이 졸라 고우시네요

임용시험을 준비할 때 배운 교육학 지식들과 현장에 만나는 순간이 있다. 교육사회학이라는 단원을 공부하면서는 윌리스라는 영국 아저씨가 '저항이론'이라는 걸 주장했다고 배웠다. 노동자 계급의 아이들은 겉으로 굉장히 거칠어 보이고 반항적인 일탈을 하는 것처럼도 보이지만 사실은 학교에서 주입하고자 하는 문화를 거부하고 자신들과 부모의 고유한 문화라고 생각하는 노동계급의 문화를 고수하고 있다고 분석하는 이론이다. 쉽게 말하면 싸가지 없고 험해 보이는 말이나 행동이 사실은 자신의 정체성을 지키고자 하는 행위라고나 할까. 이게 남성우월주의로, 혹은 정신노동에 비해 육체노동이 더 가치 있고 우위에 있다는 생각으로 빠지기가 쉽다는 단점도 분명하지만 이른바 문제아들이 주류 문화에서 배척되는 대상으로만 여겨지는 게 아니라 스스로를 자신들의 문화를 만들어나가는, 이른바 상대적 자율성을 가진 존재로 평가하는 그 방식이 신선했다.

그 아이들은 교사들은 상대적으로 정신노동에 종사하니까 약한 샌님처럼 보여서 반항하고 학교 체제에 순응하는 아이들을 바보같이 취급한다. 일용직 건설 노동에 종사하거나 바다에서 고기를 잡는 강도 높은 육체노동을 하는 이들을 아버지로 둔 아이들이 왜 학교에서 부모뻘 선생님들의 멱살을 잡고 자기보다 약한 아이들을 죄의식 없이 괴롭히는지 다소나마 이해할 수 있는 단서가 되기도 한다. 그러니까 교사가 그 아이들의 행동에 똑같이 분노로 대응하는 게 아니라 그 아이의 사회적, 계층적 배경에 대한 짐작해 보려는 자세를 갖게 해 준다. 만약 내가 멱살을 잡히거나 쌍욕을 들어먹었을 때

"이 자식이 미쳤나? 어디 선생님한테?"

라고 말하기보다는

'아. 이 친구는 이렇게 거칠게 대응하는 게 남자답고 바

람직하다고 여기는구나.'라고 생각할 수 있게 되는 것이다.
물론, 교사의 마음에 일단 여유가 있어야 가능한 얘기지만.

　자식보다도 어린 아이들에게 멱살을 잡히고 쌍욕을 들
은 정신적 피로감에 교단을 떠나시는 선배들을 보면서, 교
직 생활 2년 차의 내 마음에도 여유에게 내어줄 자리란 없
었다. 대신 투기(鬪技)를 통해 신체를 단련해서 이 험한 자
들을 카리스마 있게 제압해야겠다고 생각했다. 임용시험에
합격하자마자 배우기 시작한 유도는 당시에 얹혀살던 친구
에게 그날 배운 암바를 가르쳐주겠다고 까불다가 오른 손
목 인대가 나갔기 때문에 패스. 생각해 보면 시멘트로 된 학
교 복도에 학생을 메다꽂았다가 어디 한 군데 깨지기라도
하는 날엔 전국적으로 스포트라이트를 받을 테니 큰일 날
일이었다. 다음으로 생각한 게 복싱이었다. 권투(拳鬪). 주먹
으로 싸운다는 이 솔직담백한 단어가 왠지 진실하게 학생
들을 대해야 하는 교사의 자세를 가다듬기에 참 적절해 보
였다. 중학생 때 보던 복싱 만화 〈더 파이팅〉의 주인공 일보
가 복싱을 배우면서 몸도 마음도 건강해지고 챔피언의 자리
에까지 도전하는 그 감동의 도가니탕도 함께 떠올랐다. 그
렇다고 복싱을 배워서 원투 스트레이트로 애들을 두들겨

팰 수는 없다. 위빙과 더킹. 허리와 어깨를 흔들면서 유려하게 상대의 공격을 피하는 그 기술을 익히면 된다! 물고기처럼 상대의 멱살잡이를 피하는 동안 구경꾼들의 환호성이 나오고 분위기를 타면 그 싸움은 나의 승리다. 하지만 하루에 천 개씩 줄을 넘어대며 가해지는 육중한 중력의 무게에 무릎이 파업을 선언하는 통에 역시 복싱도 포기. 결국 그들을 제압할 수 있는 무기로 나에게 남은 건 걸쭉한 네이티브 부산 사투리를 기반으로 구사하는 아가리 파이팅밖에 없었다.

사실 구구절절이 유도니 복싱이니 말했지만 투기를 통해 까부는 녀석들을 제압하겠다는 생각을 깔끔하게 버린 건 어느 날 풍운의 소문을 몰고 찾아온 전학생 한 명 때문이었다. 나도 덩치가 좀 있는 편이지만 고등학교 2학년인 주제에 팔뚝이 내 허벅지만 한 엄청난 체격과 중국집 오토바이쯤은 맨손으로 부순다는 완력, 그리고 자신의 인생 대부분을 운동에 쏟아부었는데도 불구하고 중학교 1학년 수준의 영단어쯤은 자유자재로 구사할 수 있다는 뛰어난 지성(?)까지 두루 갖춘 녀석이 나타났던 것이다. 거기에 앞서 말했듯 불의의 부상으로 운동을 그만두게 된 데서 오는 갈 곳 모를 분노까지 장착했으니 그야말로 언제 터질지 모르는 시한폭탄이라고 할 수 있었다. 내가 동네 조기 축구팀의 안정환이라면 그 친구는 전성기의 리오넬 메시 같은 넘을 수 없는 차이를 처음 본 순간부터 느꼈달까. 전학을 와서도 선배나 복학생 형들에게 기가 눌리는 것도 없이 마치 자기가 처음부터 그들에게 존중의 자리를 내어준 것인 양 당당하게 행동하는 모습, 제 친구들과 일상적인 이야기를 하다가도 가끔 올라오는 불뚝성을 보며 저 녀석이 갑자기 분노에 차 수업 시간에 의자를 집어 던지면 어느 쪽으로 피해야 마치 처음부터 그걸 알고 있었던 노련한 교사처럼 보일까 고민하기도 했다.

같이 수업한 지 2년째 되는 반이라 긴 글은 아니더라도 시조 몇 편 갖다가 읽히고 그걸 그림으로 그려보는 수업을 하고 있던 어느 날이었다. 덩치가 산만한 남자 녀석들이 책상에 웅크리고선 유치원생들이 쓸 법한 스프링 색연필로 산이랑 강, 소, 갈매기, 술잔(본인들 것 말고 송강 정철 아저씨 거) 같은 것들을 그리고 있는 모습이 제법 귀여웠다. 그 풍운의 시한폭탄은 뭘 그리고 있나 슬쩍 옆에 가 봤다. 한가로이 강변에서 낚시하는 양반 아저씨들의 시조 아래, 1000마력은 되지 싶은 오토바이를 그려놓고, 조선을 활보하는 스스로를 상상하고 있는 모양이었다. 그런데 그 상상 속 본인의 뒤에 태울 여자친구가 필요했던지 갑자기 내 손을 덥석 잡는 것이었다. 드디어 이 교실에서의 주도권을 놓고 한바탕 활극이 벌어질 때가 온 것인가!

"와 쌤! 손 졸라 곱네요. 고생 한 번도 안 해 보셨구만?"

부산광역시 중구 중앙동 바람 부는 부산항 근처에서 안전 장비도 없이 사다리를 타고 3층 창문에 붙은 스티커를 껌칼로 긁어내던 스무 살의 내가, 부산진구 가야동 모원룸 신축 현장에서 하루 종일 시멘트 쓸면서 쌓인 검은 가루를 삼십 분쯤 풀다가 역무원 아저씨에게 걸려 쫓겨나던 지하철 주례역 화장실이, 버스비 천 원을 아껴보려고 새벽한 시에 학원 강의를 마치고 집까지 서너 시간씩 걸어가던 영도구 청학동의 주황색 가로등 불빛이 스쳐 갔다. 걔네는 도대체 어디에 흔적을 남겼길래 내 손은 그다지도 고왔던 것일까.

"그, 그치? 여자친구가 핸드크림을 좋은 걸 사줬거든!"

좀 전에 생각했던 것들이 뒤섞여 아무 말이나 나왔다.

현재의 아내가 된 당시의 여자친구에게 받은 수많은 선물 중에 결혼 10년 차가 된 지금까지도 핸드크림은 목록에 없다. 덥석 잡은 손 말고 남은 손으로 내 손등을 쓰다듬는 손길과 함께 한마디가 더 날아들었다.

"와 역시 공무원이 최고야. 응? 안정적인 선생."

핸드크림이 한두 달 봉급을 모아야 살 수 있는 고가품이라고 생각했던 걸까, 아니면 안정적인 교사의 호봉 체계가 재직 기간 동안 끊임없이 핸드크림을 공급해줌으로써 나의 고운 손을 유지할 수 있는 원천이라고 분석했던 것일까. 어찌 되었든, 이 말은 그 아이 개인의 경험이나 생각에서 나온 것이라기보다는 자신이 살아가고 있는 계층과, 그 계층에서 앞서 살았던 어른들이 교사라는 직업인을 바라보는 집단적인 관점이 그 아이의 입을 통해 나온 것이라는 느낌을 그때의 나도 직관적으로 받았던 것만 같다. 월리스 형님 덕분에 말이다. 그래, 사회학 연구란 것도 해 볼 만한 것인지도 모른다. 하여, '느그 아부지 뭐하시노'라는 질문으로 사회학 질적 연구를 시작해 보려는 찰나, 한 줄 뒤에 앉은 복학생의 말이 날아들었다.

"이 또라이 새끼야 선생님이 니 친구냐? 저 쌤이 좀 빡

세긴 해도 우리 말 제일 잘 들어주는 쌤이야."

"에이 형, 알았어요. 죄송해요 쌤."

뭐가? 내 사회학 연구의 출발이 가로막힌 게? 아니면 형의 기분을 거슬리게 해서 형한테 죄송하다고?

"아냐. 죄송하긴. 나도 내 손이 눈에 띄게 그렇게 고운지 몰랐다. 그나저나 너 인마 이 강변 모래사장에서 오토바이 타면 바퀴 빠져."

그렇게 자연스럽게 우리의 이야기는 이 오토바이가 얼마짜린지, 출력이 얼마나 대단한지, 얼마나 빨리 200km/h에 도달하는지에 대한 쪽으로 이어졌다. 서로가 스스로 발 딛고 있다고 생각하는 계층을 넘어서.

종종, 아니 대부분의 순간 선생님들은 교사라는 직업과 자신을 동일시하려는 태도에 빠져 있다. 그러나 내 손을 잡아 쓰다듬던 아이는 나라는 개인에게가 교사라는 집단 전체에 대한 자기 집단의 선입견을 표출한 것일 뿐이다. '교사=정신 노동에 종사하는, 육체적 고생을 해 본 적 없는, 안정적인 직장 안에서 하나마나한 소리나 하는 사람'이라는 근거 없는 등식을 바탕으로 나온 이야기에 상처받을 필요가 없다.

그는 자신의 오토바이 탑승 경력과 앞으로 함께 할 기종의 세부 제원에 대한 설명까지를 마쳤다. 평소보다 말을 많이 해 목이 마르다며 제 것 사는 김에 자신의 브리핑을 잘 들어 준 내게도 음료수를 하나 더 사드리겠다는 녀석을 따라 매점으로 함께 걸었다. 그가 내 손을 쓰다듬었듯 나 역시 자신의 진로처럼 끊어져 버렸던 그의 손목 인대를, 한때나마 희망을 갖게 해 주었을 우람한 삼두 근육을 어루만지며 앞으로의 길을 진지하게 물었고, 그는 노동자 계급의 아이가 아니라 자신이 잘 모르는 세계에 대한 조언을 구하는 아이로 돌아왔다. 나는 그에게 교사로서가 아니라 몇 살 더 많은 형으로서 대답했다.

　　"포카리 받고 햄버거 콜?"

# 마지막 종례의 전달사항

똑똑똑.

신호대기 중인 차. 누군가 내가 앉은 조수석의 창문을 두드렸다.

"쌤! 히히 저녁 드시러 가세요?"

"야 인마!! 너 왜 하이바 안 썼어? 죽을래? 너 내일 학생부로 와! 알았어?"

신호등의 파란불이 들어왔다.

"네, 내일 봬요!"

효석이가 탄 오토바이가 굉음을 내며 순식간에 저 앞으로 멀어져갔다. 그리고 그 대화는 우리가 이승에서 서로 나눈 마지막 말이 되었다.

　"이 선생, 그거 알아? 지금 우리 학교에 적은 두고 있는데 소년원에 가 있는 애가 하나 있어. 그게 이 선생네 반이고. 다음 주에 복귀한다네?"

　"소년원이요?"

　그 일이 있기 2년쯤 전, 야근하던 중 말없이 한참 무언가를 읽던 교무부장 선생님께서 마치 지구 반대편에 있는 이름 모를 다른 나라 외신을 전하듯 무심하게 던진 말씀이었다.

　남들은 몇 년이 가도 한 번쯤 경험해볼까 말까 싶은 일들을 생애 처음으로 담임을 맡은 해에 몰아서 다 만나게 되는 듯했다. 복학생, 가출, 자퇴, 흡연, 수업 거부. 하다하다 이제는 소년원에 갔던 아이가 돌아온다니. 나부터도 소년원에 들어가 본 적이 없고, 그곳에 다녀온 친구도 없다 보니 매체를 통해 접하는 무시무시한 이미지에 급속히 빨려들기 시작했다. 푸른색 수인복을 입고 머리를 빡빡 깎은 눈빛 서늘한 소년—이라기엔 그 역할을 맡은 배우들은 너무 성인이지만—들이 누군가 자기를 건드리기만 하면 살아온 인생 내

내 쌓아온 분노를 활화산처럼 분출할 준비가 되어 있는 일
촉즉발의 공간. 게다가 그곳에서 살아남아(여기부터 내 머릿
속에서는 '살아남아'가 '그곳을 평정하고'로 바뀌기 시작했다.) 이
곳으로 돌아온다는 것은 얼마나 거물급 인사일 것인가! 지
금까지 학급 아이들에게 한 것처럼 툭툭 쥐어박고 이단옆차
기를 날리다가는 어느 으슥한 뒷골목에서 둔기로 뒤통수를
가격당할지도 모른다는 망상에 사로잡혀 이제 조, 종례부터
존댓말을 써야 하나 진지하게 고민하기도 했다.

　　그날이 되었다. 조례를 위해 교실로 향하는 발걸음이
무거웠다.
　　'복학생 녀석들과 교실 뒤에 앉아 킬킬대고 있을까, 아
니면 책상에 두 발을 올리고 만만해 보이는 녀석들을 으르
고 있을까.'
　　평소보다 손아귀에 조금 더 힘을 주고 교실 문 손잡이
를 돌리고 들어갔다.
　　"안녕하세요, 선생님!"
　　교실 분위기는 평소와 전혀 다르지 않았다. 다만, 원래
그곳에 있었던 것처럼 다른 아이들의 것과 똑같지만 아직

때가 덜 묻은 깨끗한 교복을 입은 노랑머리가 하나 있을 뿐이었다.

"네가 효석이구나. 인마, 학교에 처음 왔으면 교무실로 담임 선생님을 먼저 찾아왔어야지."

"아! 그렇네요. 내일부턴 인사 잘 드리겠습니다."

사실 규모가 작은 시, 군 지역에서는 서로 학교가 달라도 한두 다리만 건너면 대부분 서로의 존재를 안다. 서로 다른 고등학교에 왔어도 ○○중학교의 누구라고 하면 '어느 형의 동생, A라는 아이의 친구' 같은 관계 속에서 쉽게 그 위치를 파악하게 된다. 효석이는 그중에서도 꽤 유명한 친구였다. 초등학교 때부터 온갖 말썽과 사고를 쳤지만 천성이 밝고 명랑해서 친구들뿐만 아니라 선배, 후배들에게도 귀여움과 사랑을 받는 캐릭터였다. 선후배 사이의 위계질서가 무시무시했던 학교임에도 불구하고, 학교에 나온 지 일주일이 채 안 되어 새로 알게 된 선배 누나와 까르르거리면서 복도에서 정담을 나누고 있어도, 지나가던 남자 선배들이 그 모습을 봐도 귀엽다며 머리를 쓱 쓰다듬고 지나갈 정도로 모두에게 희한하게 사랑을 받는 녀석이었다. 가끔 학급 분위기가 험악해질 때면 자기가 나서서 담임에게 아이들의 의견을 표현하고 때로는 대신 혼나기도 하면서, 담임의 체면도 살리고 아이들에게 쏟아질 분노도 자연스레 삭힐 수 있게 해 주는 윤활유 같은 역할을 톡톡히 했다.

그런 녀석이 어쩌다가 소년원까지 가게 되었는지 도무지 이해가 되지 않아 몇 번을 물어봐도 속 시원히 대답해 주지 않았다. 다만 다른 아이들의 이야기로부터 친한 누나에게 버릇없이 굴었던 후배를 자기가 나서서 혼내주려던 것이 일이 좀 커져서 그리된 것이라고, 억울한 —억울하지 않은 아이들은 없지만— 면이 좀 있었던 것이라고 짐작할 따름이었다. 말주변이 좋으니 어떤 선생님들께는 간사하고 겉과 속이 다른 아이라는 평가를 받기도 했지만 그럭저럭 무사히 3학년까지 진급할 수 있었다. 자동차 정비기술을 익히는 데 그렇게 성실하진 않았지만 어차피 현장 실습을 자동차 정비업체로만 나가는 것도 아니고, 오히려 사회로 나가면 특유의 친화력 덕분에 다른 아이들보다 훨씬 성공적인 회사생활을 할 수 있을 테니 걱정이 덜했다. 고민은 다른 데 있었다. 녀석이 건실한 업체로 실습을 나가기보다는 그냥 동네에 남아서 하던 대로 배달일을 해서 돈을 모아보겠다고 고집을 부리는 것이었다.

아이가 살던 도시는 농업이나 제조업보다는 관광업이 주로 활성화된 곳이라 부모가 사업체 혹은 조그만 가게라도 하나 갖고 있지 않고서는 적당한 일자리를 찾는 게 어려운 곳이다. 공부와도 진작에 담을 쌓았으니 교사나 공무원이 되는 것도 언감생심이다. 그런 아이들에게 가장 손쉽게 구할 수 있는 일거리가 바로 배달이다. 고등학교 1학년 생일만 지나면 원동기 면허를 딸 수 있어서 불법인 것도 아니다. 물론 근로계약서를 쓰고 정식 직원으로서 배달일을 하는 경우는 거의 없었다. 배달을 하면 건별로 보수를 받기도 했지만 꾸준히 일하는 경우 주 단위이나 월 단위로 급여를 받는 일이 흔했다. 효석이네 아버지는 시내를 돌며 파지를 모아 생활비를 마련했다. 중학교를 다니는 동생은 아직 생계의 일부를 함께 꾸려갈 의지가 없었다. 자연스레 효석이는 배달일을 뜨문뜨문 하면서 자신의 용돈과 생활비를 마련했다. 최저 시급이 5천 원을 조금 넘던 때에 학교엘 다니면서도 저녁과 밤에만 하는 배달 일로 월 200만 원 전후를 벌게 되니 굳이 손톱에 빠지지도 않는 기름때 묻혀 가면서 2교대로 일하면서 더 적은 돈을 받는 선택을 한다는 게 아무리 생각해도 납득이 안 된다는 의견이었다.

우리가 마지막으로 만났던 날도 효석이는 출근하던 길이었다. 사실 그전에도 오토바이 사고로 죽은 아이들이 있었다. 2012년에 한 명. 가냘픈 체구였지만 강단이 있어 보였던, 할머니와 둘이 살던 여학생. 2013년에 또 한 명. 수업 시간에 무슨 이야기를 해 주면 가만히 듣다가 "진짜요?"하면서 살면서 그런 이야길 처음 들어본다며 신기해하던 남학생. 담임으로 만나진 않았어도 수업 시간에 만났던 아이들이고 그 예쁠 나이에 세상을 떠난 게 너무나도 마음이 아팠다. 그래서 만나는 아이들마다 오토바이를 제발 안 탔으면 좋겠고, 만약에 불가피하게 타더라도 제발 과속하지 말고, 와리가리(핸들을 급격히 꺾으면서 오토바이를 좌우로 흔들며 타는 것)하지 말고, 칼치기(앞 차를 아슬아슬하게 빗겨 추월하는 것)하지 말고, 하이바는 제발 좀 쓰라고 노래를 부르고 다녔다. 그날 만난 효석이도 헬멧을 쓰고 있지 않았다. 아마, 하도 같은 말을 많이 하다보니 헬멧을 쓰지 않은 효석이의 안전도 안전이지만 내 말을 듣지 않았다는 것에 더 화가 났던 것 같다.

회식 자리에 앉은 나는 효석이를 비롯한 아이들의 철없음을 나무라고 근로계약서를 쓰지 않고 아이들의 시급을 떼어먹는 불량한 업주들을 흉보고 아이들에게 안전한 양질의 일자리를 제공하지 못하는 지역사회를, 교육청을, 정부를 욕하며 술에 잔뜩 취했다. 어떻게 집에 들어왔는지도 가물가물한 채로 일어난 아침 핸드폰에 와 있는 메시지에 취기가 순간 싹 달아났다. 부고라니.

회식하러 가던 선생을 보고 효석이도 한 잔 생각이 났던가 보다. 새벽 늦게 알바가 끝난 뒤 그즈음에 연락되는 친구들을 모아 술을 한 잔 걸쳤단다. 그래도 눈을 좀 붙여야 아침에 학교엘 갈 수 있을 테니 술을 마신 채로 오토바이에 올라 집으로 향했을 것이다. 찬바람 맞아가며 남이 먹을 걸 나르던 그 피로가 취기와 함께 몰려왔을 것이고, 집으로 간다는 마음에 긴장이 풀린 그 몸은 아마 도로의 울퉁불퉁한 부분을 알아채지 못했을 것이다. 그 짧은 순간 아이는 오토바이에서 날아올라 하필 거기에서 허공을 가르고 있던 전봇대에 부딪혔고, 그 늦은 새벽 하필 그곳을 지나는 행인을 만나지 못해 신고가 늦었다는 나쁜 우연들을 거듭 만났다.

일과를 마치자마자 달려간 그날 저녁 효석이의 빈소에서 효석이 아버지를 처음으로 뵈었다. 전화로 늘 못난 자식을 맡아주셔서 감사하다고 말씀하시던 그 목소리는 들을 수 없었다. 인생이 허망하다는 것을 느낀 중년 남자의 얼굴은 이래야 한다는 것을 보여주려 그 자리에 계시는 것만 같았다. 셔츠 속으로 귀퉁이가 보이는 색이 바랜 손목의 문신 그 빛깔이 아버지의 지금 모습 같아서 보고 있기가 힘들었다. 합법적으로 술을 마실 좋은 기회라도 만난 양 소주를 짝으로 갖다 놓고 마셔대고 있는 효석이의 친구인지 거지새끼들인지 모를 철부지 미성년자들을 보고도 뭐라 한마디 말이 떨어지지 않아 못 본 척 돌아 나왔다. 빈소가 있던 2층에서 1층으로 내려오는 계단에 앉아 끊었던 담배를 물었다. 목구멍을 따끔하게 하는 그 연기를 뿜으며 문학 교과서 학습활동에나 나올 법한 혼잣말을 연신 뱉었다. 그날 저녁 좀더 다정하게 말해 줄걸. 따뜻하게 말해 줄걸. 회식 간다고 말하지 말걸. 그러나 전해질 수 없는 공허한 말은 허무함과 아린 마음만 더 키울 뿐이었다.

장례식장에서 입관을 마치고 장지로 가는 길 중간에 학교가 있었다. 알고 싶지 않았지만 아이들이 졸업을 못 하고 죽으면 한이 맺히니 매장이나 화장을 하기 전에 다니던 학교에서 한 번 마지막 인사를 하게 해 주는 게 지역의 풍습이라고 했다. 화창하게 맑은 날 오전, 관을 실은 운구 차량과 버스가 학교 운동장에 들어왔고 효석이의 동생이 형의 영정 사진을 들고 버스에서 내려 3층 교실로 올라왔다. 그해 효석이의 담임은 자동차과의 박 부장 선생님이셨지만, 1, 2학년 내리 담임을 맡았던 내게 마지막 인사말을 하라고 말씀하셨기에 이미 교실에서 효석이를 기다리고 있었다. 교실 뒷문으로 효석이는 천천히 들어와 제 자리에 앉았다. 검은 옷을 입은 어른들이 최선을 다해 교복을 차려입은 아이들을 다독이는 가운데 나는 마지막 종례를 시작했다.

"그동안 고마웠다. 덕분에 행복했다. 마지막 종례의 전달사항. 천국에 가서도 행복할 것."

이라고 말하고 싶었지만, 머릿속에 그렸던 말들은 음성이 되어 밖으로 채 다 나오지 못하고 울음 속에 묻히고 말았다. 검은 옷과 교복들이 남긴 긴 울음이 꼬리를 끌고 교문 밖으로 사라진 뒤 나는 학교에서 5분만 걸으면 닿는 바다로 향했다. 백사장까지 나가면 불어오는 바람에 버티고 서있지 못하고 쓰러질 것만 같아서 바다에 수직으로 잇닿은 골목의 끝에 서 있는 전봇대에 기대섰다. 그리곤 아마 내가 세상에 처음 나왔던 날 이후로 가장 많은 울음을 쏟아냈을 것이다. 그리고, 그 울음은 그 시간 이전과는 다른 선생이 하나

태어나게 된 출발점이었는지도 모르겠다.

그해 내가 정한 급훈은 금연이었다. 황'금' 같은 인'연'. 담배 좀 줄이자고, 적어도 학교 안에서나 교복을 입고는 피우지 말자는 의도를 나름대로 위트 있게 표현한 거였다. 아이들이 돌아간 교실에서 홀로 급훈이 들어가 있는 액자를 올려다보며 아이들을 존재 자체로서 대한 것이 아니라 아이들이 보여주는 행동으로써 그들을 멋대로 규정했던 철없음을 반성했다. 찰나의 순간도 뒤로 돌릴 수 없는 내가, 그와 마주한 이 귀한 시간에 해야 할 일은 무엇인가. 지금 내 앞에 서 있는 이 아이를 내일부터 영영 볼 수 없게 된다면 어떤 태도로 그를 대해야 할까. 나는 스스로를 삼가기로 했다. 후회를 되풀이 해서는 안 된다. 그건 내가 살기 위한 방법이기도 하다. 교사들이 흔히 저지르는 심판자, 인도자라는 착각에 빠지지 않아야 한다.

죽음은 늘 우리 곁에 있다. 흔히 노인들에게 더 가까이 있으리라 마음대로 착각하지만 죽음의 발톱은 어린 아이들에게도 예외가 없다. 교문에 아이들을 맞이하다 보면, 아침에 눈을 뜨고 교복을 챙겨 입고 버스를 타고 멀쩡하게 교문으로 들어서는 그들의 모습이 그렇게 귀해 보일 수가 없다.

그래, 오늘 행복해야 하고, 지금 즐거워야 한다. 그러다 보면 자연스레 좋아하는 일을 찾게 되고, 자신이 언제 행복한지를 알게 된다.

그때부터, 학생다움이라는 말, 규제와 금지라는 말, 그 말들에 대한 미움이 마음속 깊이 뿌리내리기 시작했다. 그리고, 살아 있어야 그다음도 있는 것이다. 삶의 지속, 그것을 위해 선생이 학생에게 해줄 말은 무엇일까.

살아있기만 하면 괜찮아.

조금 힘들어도 괜찮아.

지금 남들이 너보고 뭐라고 하든 괜찮아.

그래, 너니까 괜찮아.

이 문장들의 앞 성분을 다 빼고, '괜찮아'만 남겨놓아도 괜찮을 것 같다. 그래서, 나는 마지막 순간까지 '괜찮아'라고 말해 주는 한 사람이 되고 싶다.


그해 겨울, 해묵은 사진 앨범을 정리하다가 애써 잊고 있던 효석이와 다시 만났다. 무슨 역마살이 끼었는지 학교로부터 시외버스를 한 번 갈아타고 여섯 시간은 걸려서야 닿을 수 있는 곳에서 식을 올린다는 담임의 결혼을 축하하기 위해 각자의 방법으로 식장을 찾아온 우리 반 아이들 사이에서였다. 학생이지만 차비가 제법 들기도 하고, 어차피 서울을 거쳐 와야 하니 서울에서 좀 놀 것까지 생각해서 저마다의 방법으로 돈을 마련했다고 했다. 부모님의 가게에서 일을 도운 친구도, 단기 알바를 구한 친구도 있었다. 그마저도 안되면 부모님을 졸라 아예 부모님이 차를 몰고 식장까지 온 친구도 있었다.

'선생님 행복하세요♡'라는 문장을 한 글자씩 아홉 명이 나눠 든 그 사진 속 우리들은 참 행복하게 웃고 있었다.

그리고,

그 사진 속 효석이는 '생(生)'이라는 글자를 들고 있었다.

# 담배가 준 상

국어 선생을 하다 보면 인문, 사회, 과학, 예술 영역에 걸친 초박형 지식들을 두루 얻게 된다. 일단 국어 교과서에 부터 문학을 제외하고도 다양한 영역의 글이 균형 있게 실려 있기 때문이다. 수능을 대비하기 위한 관련 교재들까지 수업하게 되면 자세한 부분까지는 설명하기 어려워도 가벼운 대화에서 좀 있어 보이는 척하기에 딱 적절한 수준의 이야기를 나눌 수 있을 정도가 된다. 담배를 피우는 아이들을 만나게 될 때마다 해 주는 이야기도 그중 하나다.

우리가 쾌락을 느끼는 데는 도파민 같은 신경 전달 물질이 작용한다. 모르던 것을 알게 될 때, 사랑에 빠졌을 때,

못 하던 것을 성공하게 되었을 때, 도파민이 분비된다. 그러나 음주나 흡연이 그 원인이 되면 곤란하다. 뇌가 그 경로에 익숙해지기 때문이다. 특히 청소년기엔 뇌가 더 급속하게 변화하고 그렇게 고착된 형태는 성인이 되어서도 고치기가 어렵다. 결국 평생을 음주와 흡연 중독 상태에서 보내야 할 수도 있는 것이다. 그들에게도 이러한 말로 경각심을 심어 주고자 한다.

그러나 이들은 그동안 마음속에 쌓인 것들이 많아 누군가가 그 쾌감의 순간을 방해하면 무섭게 버럭, 하는 경우가 많다. 이 아이들을 대하는 교사들도 참 난감하다. 상식적으로 '담배를 피우다가 어른을 보면 꺼야지, 아니 그전에 학교에서 담배를 피우면 안 되지'라는 이야기를 했을 뿐인데 되레 이 녀석이 내 멱살을 잡거나, 어깨를 밀치거나 하면서, 다른 아이들 앞에서 개망신을 주는 경우들이 있기 때문이다. 그렇게 되면 생활지도는커녕 앞으로 교직 생활을 지속하는 데도 심각한 악영향을 받는다. 소신을 갖고 상식에 기반해 아이들을 지도할 힘이 없어져 버리는 것이다. 하지만 현실적인 이유로 지금 당장 교직을 그만두기도 어려우니 못 본 척 외면해 버리거나 혹은 그냥 타이르고 어물쩍 넘어가게 되기가 쉽다.

하지만 그해는 어쩐 일인지 학생부의 모든 선생님들이 강경하게 칼을 빼 들었다. 학교생활 규정을 대대적으로 손보며 교내 학생 흡연과의 전쟁을 선포한 것이다. 다른 부서의 선생님들도 암묵적인 지지를 보내왔다. 내가 직접 전선에 서지는 못 하지만 후방에서 물자를 지원하고 마음으로 응원을 보내는 국민들처럼 말이다. 고등학교에서는 다른 학교급에서와 달리 퇴학이 가능하다는 점을 이용해 교내 흡연 3회가 적발되면 퇴학까지 고려하는 삼진 아웃제도를 시행하기로 한 것이다. 처음엔 이 시도를 비웃듯 화장실에서 새어나오는 연기가 여전히 맹위를 떨쳤다. 하지만 담임 선생님들과 학생부 선생님들이 순찰을 도는 횟수가 많아지니 흡연자들은 건물 안에서 밖으로 근거지를 서서히 옮겨갔다. 현장 적발을 위해 선생님들은 자전거로 교내를 달렸고, 수업과 업무로 기동성을 발휘하기 어려울 때면 선생님들의 차량을 주요 거점에 배치하고 자동차 블랙박스로 실시간 감시를 하는 최첨단 검거(?) 방법도 동원했다.

하지만 그들은 쉽사리 포기하지 않았다. 전면전 대신 게릴라전을 통해 생명을 연장하고자 했다. 수업 중에 보건실이나 화장실에 간다고 하며 학교 울타리를 넘어 안전한 민가 주변으로 숨어들었다. 전에 없이 교무실로 걸려오는 인근 지역으로부터의 민원 전화가 늘었다. 심지어, 학교 주변에서 점집을 운영하던 어떤 분은 섬뜩한 빨간 글씨로 저주의 경고 문구를 써 붙이다 못해 저놈의 학교 망해 버리라고 굿까지 했다는 흉흉한 소문도 떠돌았다.

얼마 지나지 않아 첫 번째 희생자가 학교를 떠났다. 이에 대처하기 위해 삼삼오오 담배를 피우며 방안을 논의하던 남녀들도 곧 그 뒤를 이었다. 공갈포인 줄만 알았던 일들이 실제로 벌어지자 그들의 태도에서 긴장감이 배어 나오기 시작했다. 예를 들어 화장실에서 담배를 피우던 아이를 적발해서 학생부로 데리고 가면 현장에서 적발됐으니 별 반항 없이 진술서를 쓰고, 선도위원회를 거쳐 징계에 이르는 과정에 순응했으나, 이제는 이런 식으로 나오기 시작했다.

"너, 담배 끄고 이리 따라와."

학생, 담배를 툭툭 털어 끄고 변기에 버림과 동시에 물을 내린다. 환풍기가 돌아가는 속도만큼이나 재빠른 동작이다.

"저 담배 안 피웠는데요?"

여기서 학생의 뻔뻔함에 화를 내면 대화가 안 되니 일단 속에서 올라오는 어이없음과 분노를 잠시 누르고(아마 이게 물리적으로 10년쯤 누적되면 요로결석이 되거나 암세포가 되어 그 장소에서의 간접흡연과 시너지 효과를 낼 거다.) 다시 묻는다.

"네가 방금 내 눈앞에서 담배 물고 있었는데도?"

잘했다. 학생을 감정적으로 대하지 않고 현상만을 놓고 이야기했다. 하지만 아이들의 생존에 대한 절박함은 나의 인내심의 범위를 벗어난다.

"증거 있어요?"

똑똑하다. 이 녀석은 자신이 자리한 장소의 특성을 잘 파악하고 있다. 화장실에는 CCTV를 설치할 수가 없다. 화재경보기도 없다. 그리고 좀 전에 그의 타액과 지문이 묻은 꽁초는 이미 변기에 넣고 물을 내려버렸다. 그가 담배를 피웠다는 것을 증명할 물증이 없다. 하지만 나는 이 녀석보다 경험이 많은 어른이다.

"증거는 네 몸속에 남아 있지. 학생부로 가자."

녀석이 뒤따라 나서면 일단 거의 승기를 잡은 셈이다. 학생부에는 그의 피에 흐르는 니코틴과 일산화탄소를 검출

해낼 수 있는 기계가 있다. 너는 결국 내 앞에서 패배를 선언하고 꼬리를 내리게 될 것이다. 기계는 거짓말을 하지 않으니까.

"불어. 세게 불어 인마. 야. 이거 봐. 수치가 딱 나오잖아. 담배 피운 것 맞네!"

여기에서, 아이들의 반응은 약 세 종류로 나뉜다.

"쌤 잘못했어요. 한 번만 봐주세요. 네?"

아직 두 번의 기회가 더 있는 아이들이다.

"어제 피운 거예요. 어제 피운 것도 아직 몸속에 남아 있잖아요." 또는, "오늘 아침에 학교 오기 전에 피운 거예요. 그게 아직 나오는 거라니까요."

기회가 한 번밖에 남지 않은 아이들이다.

"기계가 고장 났어요. 전 진짜 안 피웠다니까요?"

이번이 마지막 기회인 아이들이다. 이쯤 되면, 그들도 가용한 모든 수단을 동원한다. 말빨 좋은 친구를 데려와 선생님과 한판 붙거나, 자식이 퇴학을 당하는 걸 개망신으로 여기는 부모를 학교로 소환하기도 한다. 부모들도 그쯤 되면 상식적이고 원만한 방법 대신 자식들의 말을 그대로 증폭시키는 확성기 역할을 하는 경우가 많다. 하지만, 나라에서 KS

마크를 찍어준 기계의 성능을 반복해서 확인시켜 드리면 그제야 말문이 막혀 발걸음을 돌리곤 했다.

그렇게 수십 명이 담배 연기와 함께 학교 밖으로 사라져 갔고, 학교 안을 맴돌던 담배 연기는 거의 사라졌다. 이걸 학교에서 쓰는 용어들로 바꾸면 '교내 흡연이 감소했다.', '학교 생활 규정 위반 사례가 줄었다.' 그리고 '학업 중단률이 급상승했다.'라는 문장으로 바꾸어 쓸 수 있다.

통계청 자료에 따르면 그해 전국의 고등학교에 재학 중인 학생이 약 180만 명이었다. 하지만, 그 숫자에 가려진 또다른 아이들의 존재는 학교에 다니는 선생님들이나, 보통의 어른들도 직접적으로 관련이 없는 한눈에 잘 띄지 않아서 잘 모른다. 그 180만 명 이외에 학교에 적을 두지 않고 살아가는 이른바 '학교 밖 청소년'들의 수효가 —자료에 따라서 조금씩 다르지만— 20만 명에서 30만 명 사이라는 놀라운 사실을 말이다. 이 아이들을 학교에서는 앞서 말한 학교 밖 청소년 또는 학업 중단 학생이라고 부른다. 한국문화관광연구원(여기서 이런 조사를 왜 했는지는 모르겠지만)의 자료에 따르면 학교 밖 청소년들이 겪는 어려움으로 다음과 같은 것들을 들고 있다. 선입견과 편견, 무시, 진로 찾기의 어려움,

무기력, 부모와의 갈등, 취업, 친구들과의 관계 단절.

　냉정하게 집으로 아이들을 돌려보내는 학교가 해 줄 수 있는 작은 배려는 퇴학이 아니라 학부모와의 협의 아래 자퇴의 형식을 취하도록 해 주는 것이었다. 집에서 올해 남은 기간 잘 반성해서 마음을 고쳐먹으면 내년엔 같은 학년으로 복학할 수 있기 때문이다. 덕분에 그 아이들 중 대다수는 이듬해 학교로 돌아와 한 살 어린 후배들과 같은 교실에서 지내게 되었다. 일단 학교에서 한 번 쫓겨났고 교실 안에서 상대적인 소수가 되다 보니 눈에 띄게 말썽을 부리는 수효가 줄었다. 하지만 학교로 돌아오지 않은 아이들은 대개가 피씨방 죽돌이, 배달 알바, 깡패, 웨이터, 삐끼 등과 같은 그들 사이에서도 '엠생' 또는 '노답' 인생으로 평가받는 계층으로 진입하게 되었다는 소식을 전해 들었다.

　학교 건물 안에서 피운 세 번의 담배가, 아니 정확하게는 교사에게 적발되어 받은 세 번의 징계가 아이들의 교육을 통한 계층 상승의 사다리를 걷어찰 만한 충분한 이유가 되었던 것일까. 그런 소식이 거듭 들려올 때마다 순찰을 도는 내 발걸음 수가 점점 줄어들고 있었다. 시내를 걷다가 퇴학당한 아이를 마주치게 될 상황이면 못 본 척 서둘러 먼 길로 돌아 걸었다. 왜 마주 설 용기를 내지 못했을까.

그해 말쯤, 국가인권위원회라는 곳에서 학교로 사람이 나왔다. 학교를 나간 아이들 중 하나가 진정을 올렸다고 했다. 학교 생활 규정과 징계 처리 현황을 보자고 했다. 그리고, 교내 흡연과 그로 인한 징계가 아이들의 학업을 중단시킬 사유가 되지 않음을, 그것이 인권 침해임을 강조하고 돌아갔다. 그 권고에 따라 한해 가열차게 운영되었던 흡연 삼진아웃제는 1년 만에 막을 내리게 되었다. 그리고 그 이후 지금까지도 교내 흡연을 획기적으로 감소시킬 신선한 방법은 아직 찾지 못했다. 대신 10년째 학생부에 근무하면서 운이 좋게도 철저하게 자신의 흔적을 감출 줄 아는 흡연 학생들만을 만났을 뿐이다. 어쨌든 다시 1년이 지난 후에는 학업 중단률, 그러니까 전교생 대비 학업 중단 학생의 비율이 거의 100%에 가깝게 감소하는 평균의 기적이 일어났고, 그 2년 동안 학업 중단 예방 업무 담당자였던 나는 그 공로(?)를 인정받아 교육감 표창을 받았다. 이런 아이러니.

물론, 놀기만 한 건 아니었다. 학업 중단 숙려제, 대안교실 등 이름이야 시도교육청마다 다르지만 자의에서든 타의에서든 학교를 그만두고자 하는 아이들의 꼬리를 붙잡아

학교의 울타리 안에 매어 놓으려는 시도들이 많다. 공부하기 싫으면 교실에 들어가지 않고도 다양한 방법으로 시간을 보낼 수 있도록 약간의 틈을 열어주는 것이다. 대도시에서야 그런 자원들이 많지만 시골로 갈수록 그 다양한 방법이라는 것을 찾기가 어렵다. 더구나 연고가 없는 낯선 도시에서 근무하는 신참 교사에게는 그것이 더욱 어렵다. 그래서 닥치는 대로 아이들을 끌고 다녔다. 볼링도 치고 영화도 보고 그림도 그리고 도자기도 만들고 밥도 사먹고 심지어 승마장에도 데리고 갔다. 하지만 아무래도 표창장을 받은 것은 이렇게 몸과 시간을 바친 결과이기보다는 학업 중단률이라는 수치의 극적인 변화 때문이 아니었을까 생각한다.

그때 내가 담임을 맡았던 학급에서도 이 규정에 의해 학교를 떠났다가 이듬해 다시 돌아온 녀석들이 있다. 지금도 연락해서 물어보면 여전히 담배를 피운다고 말한다. 학교 밖에서 보낸 몇 달간의 시간은 그 아이에게 어떤 배움과 깨달음을 주었을까. 학교는 사법 기관이나 교정 기관이 아닌데, 법령대로만 할 수 없어서 교육이 어렵다고 하는 것인데, 아이들이 흡연을 적게 하게끔 할 만한 새로운 방법을 고민하는 게 어려워서 '규정'이라는 손쉬운 도구 뒤에 숨어버렸던 것은 아닌지, 마땅히 해야 할 상식적인 일을 실현한다면서 아이들을 품는 대신 소거해버림으로써 학교가 존재해야 할 이유를 잊었었던 것은 아닌지 반성한다.

2부

**아이들을
내려두고,
다시**

## 탈출, 그리고

"예? 상업계 고등학교라고요. 아니 공업계, 가사계, 농업계도 모자라 이젠 상업계로 가라고요. 저 국어 선생인데요? 하, 거, 참……"

첫 발령이 나던 날, 도 교육청의 인사 담당 장학사님은 2년만 눈 딱 감고 기다리면 반드시 인문계 고등학교로 옮기게 해 주겠다고 했다. 그러나 2년이 채 되기도 전에 그분은 다른 업무 담당으로 자리를 옮겼고 나는 4년을 첫 학교에서 근무했다.

뺑을 조금만 섞으면 살인 방화를 제외한 각종 강력 범죄를 다 겪었고 원형 탈모까지 왔다. 그래도 무엇 하나 아쉬

움이 있다면 첫 담임을 맡았던 스물다섯 명의 아이들을 3
년 내리 담임으로 만나지 못했다는 거였다. 특성화고는 3학
년 때 취업을 나가야 하니, 그 전공 특성을 잘 알고 기업체와
잘 연결해 줄 수 있는 전공 기술 교과 선생님이 3학년 담임
을 맡는 게 관례였는데, 경력도 짧고 나이도 어린데다 과목
도 국어인 내가 담임을 달라고 떼를 썼으니 당시의 교감 교
장 선생님도 좀 난감하셨을 것이다. 그땐 나의 열정만으로
누구보다도 아이들을 잘 취업시킬 수 있다고 믿었고, 첫 담
임을 맡았던 그들을 남들이 보기에도 그럴듯하게 여기저기
취업시키면 나라는 인간이 대단한 인간으로 평가받을지 모
른다는 공명심도 한몫했던 듯하다.

아무튼, 그만큼 정을 많이 주었던 아이들이 졸업하게
되니 나도 이 학교에서 마음이 떴다. 그리고 당시에 다른 지
역에 근무하던 아내가 출산을 앞두고 있었기 때문에 아내
의 근무지와 가장 가깝고 교통이 편리한 지역으로 전출을
신청했던 터였다. 도내에서 가장 큰 도시에 속하기 때문에
삶의 여건이 괜찮아서 대개 근무를 많이 원하는 지역이라
내 호봉으로는 전입이 쉽지 않았지만, 바다와 휴전선으로
막힌 머나먼 근무지에서 있었던 기간이 이를 상쇄해 주었

다. 하지만 인사발령은 그 시군 안에서의 관내 이동을 먼저 마무리한 다음에 다른 시군에서 전입해오는 교사들을 배치하기 때문에 타 시군에서 전입해가는 사람들은 그 지역에서 근무하기를 꺼리는 힘든 학교에 들어가는 경우가 많다. 대체로 그 지역의 특성화 고등학교. 또는 종합고등학교가 거기에 해당한다.

사실 지치기도 했다. 애들하고도 마음이 통하는 거야 참 좋았지만 배움이 짧은 친구들이라 교사가 뭐라고 척 말하면 착하고 알아듣는, 가르치는 맛이 덜한 건 사실이었으니까. 그래서 이제 좀 뭘 말하면 잘 알아듣는 아이들이 있는 곳으로 가보고 싶기도 했다. 이동 점수가 높기도 했지만 국어 자리도 여기저기 난다는 소문이 있어서 내심 기대했는데, 그런데 또, 특성화 고등학교인 데다가 이번엔 상업계라니. 보건 계열과 미용 계열만 근무해 보면 도내에 있는 모든 특성화 계열은 모두 도는 셈이니 도교육청 이 양반들이 지금 일부러 뺑뺑이를 돌리는 건가 싶었다. 그러나 공무원 인사발령에 떼를 쓸 수는 없다. 어딘지나 보자고 네이버 지도를 열어 학교 이름을 검색했다. 왠지 로딩이 늦다. 다들 발령 난 학교 검색하시는 건가, 그래, 그럴 수도 있지, 하하.

"다 된 건데?"

내 뒤에 서서 모니터를 함께 보시던 선배 선생님이 말씀하셨다.

"예? 근데 왜 학교 주변에 아무것도 안 떠요?"

"아무것도 없으니까 그렇지."

"예? 여기 그래도 대도시 아니에요? 아니 뭐 타지에서 왔다고 일부러 이러는 건가. 해도 너무하네 이거."

"야 거 조용히 좀 해라. 인사발령 너 혼자 났냐."

근무 시간에 묵묵히 골프 중계 영상을 보시던 한 부장 선생님의 지청구에 벌어진 턱을 억지로 당겨 올렸다. 국도와 평행한 강줄기. 점점이 흩어진 저수지. 그 사이엔 모두 산. 밭. 산. 논. 춤. 신. 춤. 왕. 산. 밭. 산. 논. 그 옆에 초등학교 하나. 우체국 하나. 면사무소 하나. 농협 하나로마트 하나.

기왕 발령이 난 거, 더 지체할 것도 없이 바로 다음 날로 새 학교에 인사하러 나섰다. 비타오백을 한 통 사 들고. 내 차가 없던 시절이라 첫 근무지에서 새 근무지가 있는 도시의 시외버스터미널까지 일단 세 시간. 거기서 임지까지 가는 시내버스가 딱 한 대. 배차 간격은 한 시간에서 한 시간 이십 분. 한 시간을 기다려 탄 버스가 오십 분을 달렸는데 아직 노선도에 있는 정류장의 절반도 못 왔다는 게 믿기지 않아서 일단 버스에서 내렸다. 도시의 외곽에 자리한 농공단지, 그 농공단지의 또 외곽 주택지에 위치한 버스 정류장. 첫 발령지에 내려 맡았던 그날의 생선 말리는 비린내 대신, 아직 포장되지 않은 공터에서 말아 올려지는 흙먼지와 눈에 보이진 않아도 목구멍에서 느껴지는 공장의 쇳가루 냄새가 눈과 코로 스몄다. 얼마나 매콤한 생활이 이어지려기에 이런 매운 냄새가 먼저 나를 반기는가 싶었다. 그 매콤함에 아직은 젖고 싶지 않아 택시를 잡아탔다.

길고 긴 이름의 학교명을 행선지로 말하자 택시 기사는 몇 번을 되물었고, 네이버 지도에서 검색된 화면을 보여주자 "아~ ○○고?"라고 예전의 이름을 말하며 엑셀레이터 페달을 밟았다. 그러고는 택시비 2만5천 원을 받았다. 특별히 선심 쓰듯 그곳에서 나올 땐 그 면에 택시가 딱 두 대뿐이니 필요하면 자기를 부르라며 건네 준 명함을 꼭 쥐었다. 인구가 줄어드는 지방 소도시의 변두리 읍면 지역. 인구 감소는 필연적으로 학교의 존립도 위태롭게 한다. 학교가 없어지는 것은 지역 사회에서는 보통 일이 아니다. 식당, 관공서, 상점 등이 연쇄적으로 없어지게 되는 일이고, 아이들을 맡길 학교가 없어지니 가뜩이나 일자리도 없는 시골에 젊은 이들이 살아갈 이유가 더 적어진다. 인구 감소가 초래한 학교 통폐합이 인구 감소를 더 가속화하는 악순환이다.

주로 지역의 이름을 딴 인문계 고등학교의 사정을 살펴보면 더 답답한 경우가 많다. 시골의 부족한 인프라와 교사 수는 학생들의 학교생활과 그 관찰 결과를 중시하는 학생부 종합전형을 감당해내기 어렵다. 게다가 내신 성적을 인원수 비율에 따라 9등급으로 산출해야 하는데 인원수가 적어서는 등급을 받는 것도 힘들다. 요즘 많이 알려진 고교 학점제라는 제도를 도입하면 학생들이 원하는 과목을 개설해주고, 그 수업을 담당할 교사도 확보해야 하는데 이게 또 보통 어려운 일이 아니다. 내 교원자격증에는 '국어'라고 적혀 있지만 아이들의 선택이나 학교의 사정에 따라 담당할 수 있는 과목이 화법과 작문, 언어와 매체, 심화국어, 고전읽기, 국어, 문학 등등 굉장히 많다. 만약 세 과목을 담당하게 된다면 기본적으로 교과 운영에 필요한 '(교과진도 운영계획 + 평가계획 + 수행평가 + 정기고사) X 3'이라는 업무량을 감당해야 한다.

게다가 수행평가를 하라고 강제하는 비율은 점점 늘어

나고, 정기고사에서 서논술형 평가의 비율을 늘려야 하는데 이게 객관적인 채점과 성적 순위를 매기기가 쉽지 않다. 무엇보다 학생이 수업에서 활동한 내용들을 개별적으로 관찰해서 그 학습과 성장의 과정을 생활기록부에다가 서술형으로 써 줘야 한다. 과목이 많은 만큼 관찰해야 할 학생의 수도 늘어나기 때문에 이 기록의 양이 방대하다. 한 교과에서 한 명의 학생에게 최대로 써줄 수 있는 양이 1500바이트, 한글 문서로 쓰면 열두 줄 가량 된다. 한 학급에 평균적으로 25명 정도라고 생각해도 세 과목을 담당한다면 학기 말마다 학생에 대한 평가로 책 한 권은 쓰는 셈이다.

그래서 평범하고 특별히 내세울 것 없는 —그러니까 대학 입시 결과가 나쁜— 학교들은 살아남기 위해서 인문계 고등학교라는 간판 대신 특성화 고등학교라는 간판으로 바꿔 다는 경우가 종종 생긴다. 이렇게 되면 우선 교육청으로부터 각종 명목으로 인문계 고등학교에 비해 예산 지원을 많이 받을 수 있고, 그 동네에서만 학생을 받는 게 아니라 전국 단위 모집이 가능해지므로 학생 수를 늘리는 데도 도움이 된다. 학생 수가 늘어나면 교사 수도 늘어나야 하니까 앞서 말했던 인구 감소의 가속화를 막을 수도 있는 대안으로 기능하게 되기도 한다. 문제는, 특성화 고등학교는 인문계 고등학교와 달리 졸업할 때 대학 진학 대신 취업을 선택해야 하는데 우리 사회에 존재하는 양질의 일자리 수가 점점 줄어들고 있다는 것이다. 고졸자가 갈 수 있는 자리는 더욱 더. 그래서 특성화고를 졸업했음에도 불구하고 취업난 때문에 대학에 진학하는 아이들이 많았다.

그래서 이명박 정부에서 강력하고 야심 차게 추진했던 것이 이른바 '선취업 후진학'이라는 제도였다. 요약하자면 특성화고를 졸업하는 학생들이 4대 보험이 되는 직장에 취업해 3년 동안 일하면 이 사람들만 응시할 수 있는 입학 전형을 대학에 설치해줌으로써 대학 진학을 보장해 주는 것이었다. 특성화고를 졸업해 당장 현장에서 일할 수 있는 인력을 확보함과 동시에 특성화고 학생들에게는 오히려 대학 입시에 유리한 길을 열어주는 합리적인 정책인 것처럼 보였다.

내가 새로 발령받은 학교는 주로 이러한 제도의 특성을 일찍 파악한 학부모들이 자신의 자녀들을 입학시킨 학교였다. 그래서 당시만 해도 인문계 고등학교에 떨어지면 특성화고에 간다는 인식을 뒤집고, 중학교 때 학급에서 성적 상위권인 아이들이 모여들었다. 학교 전체에서 손꼽히는 아이가 입시보단 취업이 먼저라며 스스로 지원한 경우도 있었다. 생활지도 말고, 이제는 진짜 교과지도와 취업지도를 할 수 있으리라는 기대 반, 두려움 반으로 새로운 학교에서의 생활이 시작되었다.

# 학생부장을 하라고요?

"이 선생, 나 좀 봐!"

"예 학생부장님."

"거두절미하고, 너 내년에 나하고 같이 일하자."

"예? 저는, 아니 저는 발령받아서 2년 동안 교무부 문서만 담당했지 학생부는 해 본 적이 없어요. 부장님처럼 씩씩하게 애들 막 지도할 자신도 없고……"

"야! 나는 태어나면서부터 얼굴에 학생부장이라고 써 있었는 줄 아냐?"

그렇네요. 부장님이 안중근 의사나 강감찬 장군님도 아닌데 학생부장 하라고 등판에 점 일곱 개쯤 박히신 채 태어나시진 않았을 테니까요. 맞습니다. 제가 어리석었어요.

"아, 그럼……"

"내가 많이 도와줄 테니까 일단 학생부 문서랑 학폭부터 시작해 보자고!"

"아, 네, 네!"


내가 얼떨결에 학생부 생활을 시작하게 된 계기는 위와 같다. 2년 가까이 교무부의 문서 작업에 시달리다가 내가 교사인지 교육행정직 공무원인지 분간이 어려워질 때쯤 존경하는 선배 선생님의 강권으로 이듬해 보직을 옮기게 된 것이다. 후일담이지만, 아이들하고는 잘 지내고 열정이 있어 보이는데 매일을 문서 작업에 절어 가는 내 모습을 보면서 이대로 두면 멀쩡한 신규 선생 하나 망가지겠다 싶으셨다고 했다. 여하튼 그때는 한 번 발 들인 학생부 생활이 이렇게 길어질 줄은 몰랐다.

선생님들이 들으면 싫어할 얘기겠지만, 학교 내에서 기피하는 업무나 학년 또는 학급은 상대적으로 힘이 약한 저연차 교사, 기간제 교사에게 돌아가는 경향이 있다. ('있었다'라고 쓰고 싶은 마음이 굴뚝 같지만) 그도 아니면 차마 학생들에게든 학교 일에든 빵꾸가 나는 것을 못 보는 책임감 강하거나 마음 약한 교사들의 몫으로 돌아간다. 학교 일이란 게 한 번 정해지면 보통 1년 동안 유지가 되기 때문에 '2월 말에 잠깐만 마음을 독하게 먹으면 1년이 편하다'는 말이 공공연하게 통용되는 그것이 2월 말, 새로운 학기를 준비하는 이른바 '업무분장'의 고약한 풍경이었다.

저연차와 기간제 교사뿐만 아니라 학교를 옮겨서 새로 발령받은 교사들에게도 이런 고약한 인습은 비슷하게 적용된다. 특히 직전 학교에서 맡았던 업무가 무엇이냐가 그대로 꼬리표처럼 달려오거나 때로는 확정적인 소문의 형태로 본인보다도 먼저 새 학교에 도착해 있곤 하기 때문이다. 개중에 특히 숨기고 싶어도 정말 숨기기 어려운 꼬리표가 고3 담당과 학생부, 특히 학폭 담당인데, 내가 후자에 해당했던 셈이다. 어떻게 아셨는지 새로 옮길 학교의 교무부장 선생님께서 대뜸 초면에 학생'부장'을 맡아 달라고 하신 것이다.

일반 회사와 달리 학교는 승진 체계가 무척 단순하다. 평교사를 20~30년쯤 하다가 운이 좋거나 승진 점수를 잘 쌓으면 교감, 교장으로 승진할 수 있다. 그 외의 직급은 없다. 장학사와 장학관은 국가공무원인 교사의 신분에서 시도교육감 소속의 지방공무원 신분으로 바뀌는 것이기 때문에 승진이 아니라 직렬을 바꾸는 '전직'에 속한다. 그러니까 교사였다가 장학사, 장학관이 되는 것은, 같은 재벌 그룹 내의 다른 계열사로 옮기는 것과 같다. 어쨌든 평교사로 재직하는 기간이 길기 때문에 학교에서는 행정 업무의 효율적 추진을 위해서 평교사와 교감, 교장 사이의 중간 관리자를 임명하는데 그것이 보직교사 즉, '부장'교사이다.

부장이라고 해서 무슨 특별한 권한이 있는 건 아니지만 책임은 많다. 학교가 돌아가는 것도 좀 알고, 수업에도 전문성이 좀 있고, 문제를 일으키는 학생들도 척척 잘 지도해야 하고, 때로는 학교생활에 어려움을 겪는 선생님들의 멘토 역할도 해야 하지만 그런다고 자기 만족감 외에 특별히 얻을 수 있는 건 없다. 그렇기 때문에 보통 경력이 좀 되는 교사들이 보직을 맡게 되는데, 나는 당시에 겨우 교직 5년 차에 1급 정교사도 아닌 2급 정교사, 그리고 첫 아이의 출산이 한 달도 채 남지 않은 초보 아빠였다.

하지만 그놈의 공명심이 뭔지. 남들보다 젊은 나이에 부장 교사가 된다는 것을 나의 능력에 대한 인정으로 착각하고 내가 할 수 있는 일의 범위, 책임의 영역을 보지 않으려

했던 것이 스스로의 발등을 너무도 강력하게 찍었다는 걸 깨닫는 데는 그리 오랜 시간이 걸리지 않았다. 당시 함께 근무하던 교사의 수가 10명, 전교생이 75명이었는데 이렇게 작은 학교의 경우 일이 편할 거라고 생각할 수도 있지만 그 업무 강도는 상상을 초월하는 것이었다. 규모가 작으니 교사들의 공석도 많아서 내가 담당해야 하는 업무 영역이 학생부장으로서의 고유 영역뿐만 아니라, 학교폭력, 보건, 전문상담에 부서원으로 속해 있는 체육 선생님의 업무까지 일정 부분 담당해야만 했다. 거기에 입신 영달의 부푼 꿈을 안고 입학한 새내기들의 담임까지 맡았으니 그야말로 거대한 파도 앞에 맨몸으로 서 있는 꼴이었다. 당시엔 자가용이 없어서 집 근처에 사시는 선배 선생님의 차를 얻어타려면 오후네 시 반에 타의로 칼퇴근을 해야 했기 때문에 결국 집에 일을 잔뜩 싸가서 새벽까지 처리하는 게 일상이었다.

그래도 이전 학교보다 조금 더 나아진 것은, 그런 나의 모습을 살갑게 지켜봐 주는 아이들이 있었다는 것이다. 이전엔 제멋대로 울타리를 뛰어넘으려는 성질 나쁜 양들을 돌보는 목동 같았다면 이번엔 그 산골 목장에 알퐁스 도데의 〈별〉에 나오는 살가운 주인집 아가씨가 여럿 나타난 느낌이었달까.

"쌤! 어제도 늦게 주무셨죠. 국어 수업 중에 쉬운 부분
은 저희도 공부해올 테니까 어려운 부분만 좀 설명해 주시
고 수업 준비 부담 좀 덜어보세요."

"쌤! 이제 곧 태어날 아가도 생각하셔야죠. 아빠가 아프
시면 안 됩니다. 힘내세요!"

"쌤같이 다정하고 열정적인 분을 담임쌤으로 만나서
기뻐요. 그래도 너무 무리하지 마셨으면 좋겠어요!"

지금도 고이 간직하고 있는, 그 시절의 아이들이 준 메
모다. 내 면전에서 전해준 것이 아니라 키보드를 부술 듯 폭
풍처럼 일을 처리하고 있는 내 모습을 말없이 교무실 한켠
에서 지켜보다가 차마 말로 건네지 못하고 글로 써 준 고마
운 마음이다. 아마도 그렇겠거니 하고 그저 마음을 믿는 일
뿐만 아니라 글로써, 말로써 서로의 마음을 다정하게 전할
수 있는 것이 선생과 학생의 또 다른 관계의 모습이라는 것
을 조금씩, 아주 조금씩 느끼기 시작하는 날들이었다.

## 아마도, 우리 사이는 비즈니스

학생들은 똑같은 녀석 하나 없이 참 서로들 다르다. 지나다 잠깐 대화를 나눠도 하루의 피로가 싹 날아갈 만큼 기분을 좋게 해 주는 아이가 있는가 하면, 단 한마디로도 머리끝에서 발끝까지 불쾌감에 푹 젖게 만드는 친구도 있다. 두 번째 근무하던 학교에서 만난 한 친구가 그랬다. 어떤 환경과 사건이 그 아이를 그렇게 만들었는지는 몰라도, 사회와 어른들에 대한 불신이 말속에서 뚝뚝 떨어졌다. 중학교 말에서 고등학교 초반 나이의 아이들에겐 대체로 그런 경향들이 있지만 그 아이는 좀 심한 편이었다.

하루는 불쑥 날 찾아오더니 같은 반의 한 남학생이 다

른 남학생들로부터 심하게 놀림을 받는 걸로 봐서 실질적으로 왕따를 당하고 있는 것 같다고 심각하게 얘길 해 왔다. 반에서 그런 일이 벌어지고 있는데 담임 교사가 되어서는 어째 눈치도 그리 없냐고 힐난하는 투였다. 그래서 우선 반장, 부반장, 아무 관련 없는 다른 친구들을 차례대로 만나 보았다. 심지어 당사자도 따로 불러 친구 관계와 반 분위기에 대해 이야기 나누었지만 그렇지가 않단다. 심지어 본인도 중학교 때보다 학교 생활이 훨씬 좋아졌다고, 친구끼리 장난도 치고 그러는 거지 —그 말이 미심쩍어서 교실에 불쑥불쑥 가서 살펴 보기도 하고 다른 아이들을 통해서 수시로 이래저래 물어도 봤지만— 심각한 일은 전혀 없다고 했다. 지금까지 이야기 나눈 모든 학생들이 전부 나한테 마음을 열지 않고 거짓말을 하는 거라면 어쩔 수 없지만 결코 그런 것 같지는 않았다. 자초지종을 곰곰이 생각해 보니 남학생들끼리의 거친 언행과 행동이, 그들 나름의 관계가 여중을 거쳐 온 그 아이의 눈에 무척이나 거슬렸던 것 같았다. 그래도 다른 친구의 안위에 관심을 가졌다는 건 칭찬할 만한 일이니 시간이 좀 지나 짐짓 요즘은 네가 보기에 좀 어떠냐고 물어보았다.

"선생님한테 말해봐야 아무것도 안 바뀌는데 이렇게 물어보시는 게 무슨 소용이에요?"

좋은 의도로 내게 말을 꺼낸 거라 생각해 나도 좋게 이야기하고 싶었지만 이런 말을 들으니 그야말로 정나미가 확 떨어졌다. 지금에야 능청스레 미안하다고 그래도 궁금해서 묻는다고 한 번 더 다가갈 수도 있었겠지만 그땐 나도 마음속 여유 공간이 부족한 핏덩이였다.

"아니 뭐 본인도 아무렇지 않다는데 니가 괜히 민감하게 굴었던 거 아니냐?"

하고 퉁명스레 받아치고 말았다. 조금 감정이 섞인 말이라 평소 같으면 곧 후회했을지 모르지만 당시엔 오히려 속이 시원하다고 느껴버렸던 것 같다.

그리고 몇 주쯤 지난 어느 일요일 밤이었다. 아홉 시 반이 넘어서 문자 메시지가 왔다는 알림음이 울렸다. 그 아이는 마치 주민센터에서 가족관계증명서를 떼듯 무심하고 건조한 말투로 자퇴 상담 날짜를 통보해 왔다. '자퇴'라는 단어를 들으면 대부분의 교사들은 아이에게 무언가 '문제'가 있다고 생각한다. 교우 관계에서의 문제, 학업에서의 문제, 가정에서의 문제 등등 '정상적인' 학교 생활을 방해하는 문제를 찾아내서 '해결'해야 한다고 생각한다. 그건 어떤 매뉴얼이 있는 게 아니고 이 아이를 학교 밖 험한 곳으로 내보내지 않겠다는 교사들이 가진 선의에서 출발하게 마련이다. 일단 그것이 선의라고 교사들이 착각하는 부분은 논외로 하자. 그렇기 때문에 자퇴하는 아이들은 자기의 인생길을 자기가 결정하면서도 그 이야기를 나누는 교사에게 '미안해' 또는 '죄송해'하는 경우가 많다. 그런데 왜 여기서 하필 멀쩡한 주민센터를 들먹이느냐. 그 친구와 이야기를 나누면서 드는 느낀 것이, 이미 자신은 결정을 내린 상태에서 담임과의 이야기는 아무런 고려와 생각의 대상이 아니고, 그저 행정적인 절차를 자기 시간에 맞게 제깍제깍 처리해 주어야만 하는 일반 행정공무원처럼 대하고 있다는 점이었기 때문이다. 그전까지 만난 자퇴생들은 그래도 나와 마주 앉으면 고민하는 시늉이라도 했는데 그 친구는 내 이야기를 듣는 둥 마는 둥 하며 확고한 자신의 결심만을 되풀이해 말했다. 그것을 목적으로 주민센터에 도착해서 가족관계증명서를 뗄까 말까 고민하지 않는 것처럼 말이다.

사실 그 아이는 생각의 방향성이 다양하고 자기 주장을 논리적으로 말할 줄도 알고 잘못된 것에 대해서 용기 있게 나설 줄도 알아서 학교 밖으로 내보내기가 참 아까운 친구이기도 했다. 자퇴를 하겠다는 것도 그런 자신의 성향을 받아주지 않는 경직된 학교 시스템과 수업의 문제가 가장 컸다. 덧붙이자면 특성화고에서 만난 우리는 그 아이와 부모님에게 있어 하나의 계약 관계 같은 것이 아니었을까. 우리는 훌륭한 곳에 취업을 할 수 있게 해 주겠다는 달콤한 유혹을 던졌다. 그들은 그것을 받아들여 이곳에 들어왔으나 애초에 기대했던 바를 얻기 쉽지 않겠다는 판단이 들었을 때 그 관계는 보다 쉽게 끊어질 수 있었다. 마음이 먼저 오간 관계가 아니라 주고받을 것을 전제로 한 관계였기 때문이다.

아마 나는 그 아이에게서 장점을 보고 있기 때문에 그 아이도 나를 우호적으로 대할 거라는 착각 속에 있었던 것 같다. 돌려받을 생각 없이 주는 것에는 기쁨이 함께하지만 무언가 돌아올 거라고 생각하는 관계는 늘 어긋나게 된다. 나는 준다고 한 적 없는 기쁨을 바라고 달라고 한 적 없는 사랑을 주고 있었던 것 같다. 덕분에, 그 친구에게는 이런 것을 배웠다. 모든 학생이 나에게 우호적일 수 없다. 화살 같은 말을 받아도 우리의 관계는 아직 그 정도일 뿐, 내 존재에 대한 부정은 아닐 테니 상처받지 않도록 나를 좀 더 생각해 주자고. 빌려달라고 한 적도 없는 돈을 억지로 손에 쥐어 주면서 나중에 이자처럼 감사했다는 말을 함께 받길 바라는 바보 같은 대부업자는 되지 말자고.

## 된다고 말하게

영화 〈명량〉에서 이순신 장군은 전투 중에 군관 나대용을 불러 화포들을 좌측으로 모두 옮겨 집중 발사하라고 지시한다. 왜선에 포위된 지금 그리하면 우리 모두 죽을 수도 있다며 거절에 가깝게 난색을 표하는 부하에게 이순신 장군은 이렇게 말한다. "된다고 말하게." 거인의 눈에만 보이는 승리의 풍경을 부하는 보지 못하고 있으므로, 그는 자신의 신념을 부하에게 강제로 주입시키려는 듯이 보였다. 상하가 한마음으로 맞서도 이길까 말까 하는 불리한 조건. 자신이 지면 나라가 무너지는 상황에서 그렇게 말하는 이순신 장군의 외침은 아마 절규에 가까웠을 것이다.

학교에서 일하다 보면 가끔 불가능해 보이는데 무언가를 반드시 해내야만 하겠다고 마음먹게 되는 상황이 온다. 내 자리에서 가용한 자원을 모두 동원하거나, 학생들을 마구 닦달하거나, 혹은 나를 갈아 넣으면 될 것도 같은데, 그래서 이거 잘만 되면 무척 재미나고 모두에게 분명 의미 있는 일이 될 것 같은데, 우리 같은 공무원들의 앞을 막는 거대한 벽은 '이거 잘못되면 누가 책임지지?'라는 질문이다. 누구도 '이거 잘못되면 당신 책임이야.'라는 말을 명시적으로 하지는 않지만 예기치 못한 결과가 벌어졌을 때 교육관청이 하는 행태를 보면 이는 얼마든지 쉽게 내면화된다. '안전하게 다녀오자'가 주제인 현장체험학습 매뉴얼이 100쪽에 달하게 되어 업무 담당자 말고는 아무도 읽지 않게 되는 것이 그 예다.

내가 10년 넘게 교직에 있으면서 징계를 받은 적이 딱 한 번이다. 사연을 말해 보자면 이렇다. 크리스마스 이브에 체육관에서 축제가 열렸다. 난방을 하노라고 했지만 워낙 춥기도 하거니와 체육관 안에 있는 사람 수도 적어서 무지하게 추웠다. 자리에 앉아 오들오들 떨고 있는 아이들에게 학생부장으로서 뭔가 묘안이 없을까 생각하다가 학교 예산으로 아이들에게 연말 선물도 겸해서 보온에 쓰라고 담요를 한 장씩 사서 나눠주기로 했다. 그런데 아무 말이나 표시도 없이 그냥 담요만 주기에는 허전해서, 급하게 학교 마크를 자수로 박아서 학교에서 이만큼 사소한 부분에서도 너희들을 배려하고 있다는 마음을 건네고자 했다. 의도한 대로 아이들은 고마워했고 축제도 무사히 마무리되었다.

그런데 반년쯤 지나 도교육청 감사과로부터 전화를 한 통 받았다. 예산을 부적절하게 사용하셔서 징계를 좀 받으시게 되었다고. 학교에서 만드는 물건에 학교 마크나 이름을 인쇄해서 홍보 용품으로 나누어주려면 예산 가운데 '업무추진비'를 써야 하는데, 나는 학생들에게 사용해야 하는 '교육운영비'를 사용했기 때문에 예산 사용 부주의로 적발되었다는 것이다. 그러니까 '학교'의 예산을 '학생'들을 위해 썼는데 예산 분류상의 행정적인 실수로 인해 징계를 받게 된 것이다. 이런 내용을 배워서 징계를 예방할 수 있는 기회는 교사를 양성하는 정규 교육과정 어디에도 없고, 교사가 되어서 받을 수 있는 직무 연수에도 거의 없다. 교사도 교육'공무원'이니까 그런 부분도 잘 알아야 된다고 말하면 할 말은 없다. 하지만 그다음에도 이런 일이 발생했을 때 일단 있는 돈을 써서 아이들에게 필요한 조치를 해 주려고 노력하기보다는 '그냥 참자'고 말하는 것에 더 혹하게 되는 것이 사람 마음인 것을.

그럼에도 불구하고 또 문제에 봉착했을 때 내가 땡겨 쓸 자원이 없나 여기저기 기웃대게 되는 것은, 역시 아이들은 돈의 출처가 '교육운영비'인지, '업무추진비'인지를 보는 것이 아니라 자신들을 생각하는 선생님의 '마음'을 봐 주기 때문이다. 그리고 그 아이들은 누군가를 위해 굳이 하지 않아도 될 수고를 기꺼이 받아들이면서 마음을 내어주는 선생님의 태도를 닮게 된다. 어려움을 넘어서 보려고 도전하는 용기는 덤이다. 거기에 성공의 경험이 더해진다면 아이들은 선생님이 짐작하지도 못한 데까지 성장하게 된다.

게다가 우리는 이순신 장군이 아니고, 선생님들이 혹은 학생들이 좀 실수한다고 해서 나라가 망해 버리는 무시무시한 상황은 결코 벌어지지 않는다. 그러니까 불가능해 보여도 한 번 생각하는 대로 도전해 보고, 되면 '개이득', 안 되면 '원래 안 되는 건데 욕심부렸나 보다.' 하고 털어버리면 된다. 그 과정에서 무언가를 배우게 된다면 금상첨화다.

아무튼, 2015년 겨울에 그렇게 불가능해 보이는 과제가 내 앞에 하나 떨어졌다. 방학을 앞두고 전교생이 축제를 해야 하는데, 장소가 없는 것이다. 학생회장을 만나 물었다.

"회장님아. 분명히 학사일정에는 축제가 이날 잡혀 있는데 쌤이 지금 생각해 보니까 우리 학교에 아직 체육관이랑 강당이 없잖아. 작년에는 어떻게 했어?"

"아~ 그거 요 앞에 교회 빌려서 했어요."

"와! 예수님이 기뻐하실 만한 일이네. 그럼 올해도 거기서?"

"그러면 좋은데, 올 겨울에 거기 공사한대요. 보수 공사."

'예수님. 당신께서 오실 때가 되어가니 당신을 따르는 사람들이 집을 수리하나 봅니다. 그 좀 우리가 축제를 일단 좀 하고 나서 오시면 안되겠, 지, 요?'

인간도 67일쯤 같은 일을 하면 슬슬 습관이 된다는데 2천 년도 넘게 비슷한 때 오신 분을 몇 달 늦게 오시라고 할 수도 없고 해서 본관 건물과 실습동 건물 사이를 혼자 서성서성하며 하늘과 땅에다가 번갈아 한숨을 쉬어댔다.

"학.교.축.제.를. 할.만.한.곳.이. 어.디.없.을.까. 겨.울.철.이.라. 춥.기.도.하.고…… 어?"

문득, 내가 서성이던 곳에서 올려다 본 하늘이 생각보다 좁아 보였다. 손바닥으로 가릴 수 있을 만한 스케일이었다. 본관 건물에서 실습동 건물까지 내 걸음으로 다섯 발이니까 넉넉잡아 5미터에서 6미터. 비나 눈이 올 수도 있으니까 저 건물 지붕에서 이 건물 지붕까지 커다란 비닐을 쳐서 햇빛 가리개 천막처럼 쓰고, 그 안에 야외 행사에서 쓰는 캐노피 천막을 두세 개 설치한다. 접이식이니까 적절히 간격을 조절할 수도 있고 여기다 지퍼로 벽 역할을 하는 천막도 달 수 있으니까…… 되겠는데 이거?

"학생부장님 뭐 고민 있어요? 밖에서 왜 혼자 그러고 있어요?"

"예 교장 선생님! 우리 축제 말씀인데요! 무대는 실습동 외부에 있는 요 작은 간이 무대로 하고, 그 앞에 천막을 치고 지붕도 덮죠!"

내가 하던 고민의 내용을 대강 알고 계시던 교장 선생님은 인사도 없이 대뜸 쏟아내는 내 말에 진지하게 답해 주셨다.

"춥지 않을까요?"

"천막에 벽을 달 수 있으니까 안에 따뜻한 뭔가를 좀 넣으면 오히려 굉장히 오붓하고 재밌을 겁니다. 난로야 당연히 피우겠습니다만, 이왕 하는 거 우리 중, 고 학생 다 합쳐도 백 명밖에 안되니까 학부모님들도 전부 모시죠! 그래서 가능하신 분들은 천막 안에서 어묵 국물도 끓여주시고 떡볶이도 해 주시고 하면 일석삼조, 사조 아닐까요?"

"그래요. 부장님 생각하시는 대로 한 번 마음껏 해 보세요."

교장 선생님의 허락이 떨어지니 일은 거칠 것 없이 진행되었다. 시내 업체에서 행사용 천막을 섭외하고, 행정실 주무관님과 옥상을 오르내리며 비닐 천막을 설치하고, 교내 행사 때 쓰던 스탠딩 앰프와 마이크를 모조리 끌어다가 임시 무대에 설치했다. 대강의 틀은 그렇게 갖춰졌고, 교회가 내부 수리에 들어갔다는 비보에 축제도 다 망했다며 아쉬워하던 아이들이 축제의 내용을 훌륭하게 채워주었다.

축제 당일 아침은 예상했던 대로 잔뜩 흐린 하늘에 기온은 영하. 눈비가 섞어치는 날씨에도 아이들은 무엇이 그리 신나는지 알록달록한 옷들을 입고 분주하게 뛰어다녔고, 앞치마를 두른 어머님들은 어묵 국물 육수를 내면서, 중학생 아이들은 타코야끼를 구우면서 축제 분위기를 띄웠다. 일고여덟 명이 손을 잡고 양팔을 벌리면 끝에서 끝까지 닿는 작은 무대에 그날은 SES부터 빅뱅, AOA가 출연했고, 산타클로스 분장을 한 선생님이 함께 올랐다.

교실에만 갇혀 있느라 꾹꾹 눌러왔던 끼를 분출하는 아이들이 있었고 그것을 흐뭇하게 바라보다 어느새 오빠와 언니를 목이 터져라 외치던 소녀 시절로 돌아간 어머니희들이 있었고 학생과 학부모들이 이렇게 즐거워하는 것에 더 즐거워하는 선생님들과, 보이지 않는 곳에서 이 사건이 실제로 일어날 수 있도록 도운 어른들이 있었다. 마지막 무대 전에 음정 박자 맞지 않는 노래를 불렀던 나만 아니었다면 분명히 완벽했을 법한 축제였다.

우리는 흔히 더 나은 교육을 하기 위해서 많은 것이 더 필요할 것으로 착각하곤 한다. 체육 수업을 위해서는 훌륭한 체육관이 있어야 하고, 교실 수업에서 무언가 성과를 내기 위해서는 빔프로젝터나 최신 컴퓨터 같은 기자재가 필요할 것으로 생각한다. 심지어 코로나 사태로 인한 교육 공백을 극복하기 위해서 전 교사와 학생들에게 태블릿 PC를 나눠준 교육청이나 학교도 있었다. 하지만 우리는 그런 기자재와 수단이 없어도, 함께 할 수 있는 방법을 찾아낼 수 있고, 지금까지도 그래 왔다. 그것은 할 수 있다는 마음, 함께 하고자 하는 마음, 나와 함께 하는 이들이 조금이라도 더 행복해졌으면 하는 마음을 가진 누군가가 꼭 거기에 있었기 때문이다. 그리고 마침내 상상한 것을 이루었을 때 그들의 웃음이라는 보상을 받아 본 선생님들은, 아마도 교실에서, 상담실에서, 운동장에서 매일 만나는 삶의 어려움 앞에 두려움과 절망을 겪는 아이들에게 오늘도 이렇게 말하고 있을 것이다.

　"된다고 말하게."

# 그대 이름은 장미

"쌤! 제 이름 뭐게요?"

적게는 수십 대 일에서 많게는 수백 대 일의 관계를 맺는 학교에서 만나는 참 곤란한 미션 중 하나는 아이들의 이름을 외우는 일이다. 아이들이 복도를 지나다 마주치는 안면이 있는 선생님에게 던지는 이런 질문은 기본적으로 '선생님의 눈에 들고 싶다, 인간적으로 친해지고 싶다.'는 마음을 표현하는 방법이겠지만, 내게는 교사에게 치명적인 '안면 인식 장애'라는 질환─이라고 쓰고 핑계라고 읽는다.─이 있으므로 대처하기 무척 난감한 질문이다. 사실 학생이든 성인이든 처음 만나는 사람 앞에서 수줍음이 굉장히 많아서 말을 좀 더듬는 습관이 있는데 익숙한 관계에 있는 사람들에게 그런 말을 하면, 학교 축제 때마다 무대에 올라가서 노래 부르는 인간인 주제에 이상한 코스프레하지 말라는 핀잔을 듣기 일쑤이기 때문에 그냥 '안면 인식 장애'라고 해 버리는 것이 설명을 구구절절 안 해도 돼서 편하다. 아무튼, 이것은 대답하기에 따라서 아이들과 나의 관계를 단숨에 친밀하게 만들거나 혹은 아주 어색한 관계로 만들 수 있는 극단적인 질문이다.

"몰라. 말 안 해 줄 거야."

라고 말하면 진짜 모르는데 모른다고 말하기는 부끄럽다는 뜻.

"에이~ 그럼 당연히 알지. 너 3학년 1반이잖아."

라고 말하면 수업 시간에 언뜻 본 것 같긴 한데 아직 이름은 생각나지 않는다는 뜻.

"너 지난 시간에 쌤한테 질문했었잖아."

라고 말하면 이제 슬슬 관계를 맺어가는 단계.

"야, 지혜야. 섭섭하게 뭐 그런 걸 물어봐?"

라고 대답하면 현장 채점 만점. 물론 그 뒤로 특별한 대화가 이어지거나 하지는 않는다. 자기 존재에 대한 인정과,

믿을 만한 성인과의 유대 관계를 확인했으므로 다른 말은 굳이 필요 없기 때문이다.

요즘은 개인정보 보호와 범죄 예방을 위해서 학생들의 겉옷에 명찰을 달라고 강요하지 않는다. 더구나 코로나가 유행한 이후에는 마스크를 써서 얼굴의 대부분을 가리고 있기 때문에 얼굴과 이름을 매칭하는 게 훨씬 어렵다. 그래서 아이들의 이름을 외고 부르는 것은 엄청난 노력이 필요한 일이 되었다.

그럼에도 불구하고, 아이들의 이름을 불러주는 일은 무척이나 중요하다. 교사가 수십, 수백 명의 학생 가운데 그 한 명의 이름을 정확히 부르는 일은 단순한 명사 하나를 기억해내는 일에 그치는 것이 아니라 세상에 유일한 '자기'라는 존재를 세계가 인식하고 있다는 무척 효과적인 증명이기 때문이다. 뿐만 아니라 교사에게 있어서도 학생의 이름을 기억하게 되는 일은 내 마음의 한켠에 그의 방을 내어준다는 뜻이고, 그 입주자를 위해서 수업에서도, 만남에서도, 대화에서도 집주인으로서의 책임을 다해야하겠다는 마음을 갖게 하는 일인 것이다.

존재를 인정해 주었다면, 학급 안에서 담임 교사는 다

양한 방법으로 그의 자존감과 역할 기대를 높여줄 수 있다. 이른바 '1인 1역할'이다. 10년쯤 전엔 이걸 하시는 분도, 하지 않으시는 분도 계셨지만 학교생활기록부의 중요성이 점점 커지기도 했거니와 학생의 다양한 모습을 관찰할 수 있는 방법이기 때문에 요즘은 거의 모든 담임 선생님들이 이를 저마다의 방법으로 개성있게 활용하고 계시다. 반장, 부반장을 시작으로 학급비를 관리하는 총무, 게시판 담당, 칠판 담당과 같은 식으로 자신만의 일거리를 맡김으로써 학급의 일원이라는 소속감과 책임감을 심어주는 순기능도 있다.

　나도 별 고민 없이 종례가 끝난 교실 안을 둘러보며 아이들에게 나누어 줄 일감을 모으고 있었다. 그런데 그날은 학급 전원이 응시했던 한 자격증 시험 결과가 발표되는 날이었다. 그 자격증이라는 것이 취득한 사람에게는 자신이 가진 여러 가지 자격증 중의 하나가 되지만, 취득에 실패한 사람에게는 시험의 실패, 경쟁에서의 뒤처짐, 자존감의 하락이라는 복합적인 타격으로 다가온다. 종례가 끝난 뒤 자격증을 딴 친구들은 홀가분한 마음으로 기숙사로 올라갔지만 그렇지 못한 친구 몇은 교실에 남아 심란한 표정들을 하고 있었다.

"얌마! 자격증 시험은 앞으로도 계속 있는데 뭐 그렇게 기가 죽어 있어!"

"쌤…… 이래서 저 취업할 수 있을까요. 친구들은 거의 다 땄는데……"

"참 내. 자격증이 그거 하나 뿐이겠니? 에잇 기분이다. 쌤이 자격증 하나씩 발급해 줄게!"

"엥? 어떻게요?"

"넌, 친구들 얘길 잘 들어주고 고민 상담도 잘 해 주니까 음…… '경청 지도사'. 어떠냐?"

"나 참. 그게 말이 됩니까 쌤."

"1인 1역할 정하는데 그것도 자격증을 딱 발급해 가지고 어? 충실하게 자기 역할하면 어? 생기부에다가도 있는 그대로 쓰고. 그럼 뭔가 되게 전문성 있어 보이지 않냐? 자격증 개수도 늘어난 것 같고."

"눈 가리고 아웅이지만 자꾸 쌤 얘길 들으면 이상하게 맞는 말 같단 말예요."

"그래. 생각하기 나름 아니냐. 혹시 알아? 나중에 니가 지원하는 기업에서 남의 말 잘 들어주는 사람을 뽑으려고 하는데 이 생기부를 가지고 이력서를 딱 내면!"

"오!!!"

"결국 성적이 더 중요하겠지만 말야."

"쌤!!!"


그렇게 해서 탄생한 이름들. 교실 자리추첨 기능인. 학급 비품 관리실장. 청소구역 확인감독. 빌게이츠(정보기기 관리). 서기장(학급 서기). 가정통신문 수거 자격증. 자격증 일정 관리사. 주간지 및 신문관리국장. 칠판 세정사. 취업정보수집 담당관. 국가공인 자격증의 양식을 따와서 아이들의 사진과 담임의 인증도장, 명칭을 적어넣은 자격증을 만들고 게시판에 붙였다. 사소한 일에 거창한 이름을 붙여 헛웃음을 유발했지만, 어차피 1인 1역을 정해야 했던 차에 어느 하루 조회 시간이 재미있었으면 덤으로 충분하다고 생각했다. 이게 뭐냐며 깔깔거리는 아이들의 말에 대꾸하는 내 눈은, 자기가 받은 자격증을 핸드폰으로 찍어서 그걸 한참이나 들여다보고 있던, 어제의 자격증은 물론이고 학교 생활 1년이 넘도록 자격증을 단 하나도 따지 못한 아이의 눈매와 입꼬리에 머물러 있었다.

비단잉어 코이는 어항에서 살면 10cm도 안 되는 크

기로 살지만, 연못이나 강에서는 사람 크기까지도 자란다고 한다. 아이들이 성장하는 데 영향 주는 것은 환경의 영향도 있겠지만, 믿을 만한 어른이 자신을 뭐라고 불러 주느냐에 따라, 그 이름에 맞게 스스로를 어떻게 생각하고 그 가슴속에 어떤 이상을 품느냐에 따라 성장의 정도가 달라진다고 나는 아직 믿는다. 우스꽝스러운 명칭일지라도, 내가 그가 그리되리라는 믿음과 함께라면, 그것이 그의 가슴속에 자그마한 희망의 씨앗으로 심길 것을 함께 믿는다.

## 삐에로는 우릴 보고 웃지

학교에 아이를 보낸 부모들은 하루 동안 무슨 생각을 할까. 적어도 보낸 모습 그대로, 하루를 무사히 보내고 오길 바라지 않을까. 선생님들도 그렇다. 매일 오늘 내가 이 아이들의 인생을 바꿀 가르침을 주겠다고 다짐하면서 출근하는 교사가 있다면 그건 교사가 아니라 분명 도사일 거다. 학교는 도를 닦는 곳이 아니므로, 도사가 아닌 교사들 역시 대개 '오늘도 무사히'라면서 하루를 시작하게 마련이다. 다만 교사들에게 '오늘도 무사히'의 대상이 반드시 학생만 있는 것은 아니다. 그리고 오늘을 무사히 보내기 힘들게 하는 것은 내가 교사로서 존재할 수 있는 이유인 학생도 아니고, 늘어났다 늘어났다 해도 사실 실제로 많이 만나기는 힘든 진상 학부모도 아니고, 비슷한 일을 한다는 이유로 '동료'라는 이름을 붙이기도 하는 이른바 동료 교사들인 경우가 많다.

아이들이야 늘 저마다의 빛깔로 예쁘지만 1년 중에 그들의 젊음이 폭발하듯 가장 아름다워 보이는 날은 아무래도 체육대회 날이다. 버스에서 내려 다른 곳보다 유난히 좁아 보이는 왕복 1차선 도로를 건너 운동장으로 들어서면 만나는 허공 어딘가를 검지로 가리키고 서 있는 소년의 동상. 땅값이 비싼 시내 학교에서는 가져볼 수 없는 천연 잔디가 깔린 너른 운동장. 그 위에서 소리치고 뒹굴고 달리고 웃는 청춘들의 모습을 가까이에서 함께할 수 있는 것은 분명 교사들이 가진 특권이다. 아이들이 곁을 좀 내어주면 교사들도 그 안에 끼어서 같이 공을 차고 옷을 잡아당기며 구르고 논다. 그 모습을 그리 높지도 그렇다고 만만하게 낮아 보이지도 않는 산들이 빙 둘러서서 지켜보던 그 풍경이 꿈엔들 잊힐 리가.

하지만 명품은 디테일에서 나오고, 학생들을 만족시킬수 있는 디테일은 역시 교사보다는 학생들 스스로의 손에서 나온다. 흔히 체육대회라면 남학생들은 축구, 여학생들은 피구, 단체는 줄다리기, 마무리는 이어달리기라는 공식을 버리기가 쉽지 않다. 물론 그때의 우리도 이 큰 틀을 따랐지만 아이들의 젊음은 마치 보도블록 그 좁은 벽돌 사이를 뚫고서 기어코 꽃을 피워 내는 민들레와 같이 그 큰 프로그램 사이사이에 꽃처럼 피어난다. 마음대로 풀리지 않는 경기에 분노하는 아이. 우리팀 경기 결과는 안중에도 없고 어디서 났는지 얼굴에 물감으로 그림을 그리고 있는 아이. 하트가 달랑달랑하는 머리띠를 하고 연신 친구들과 셀카를 찍고 있는 아이. 경기 결과보다 자기 피부가 더 소중하다며 연신 선크림을 발라대는 아이. 전교생이 기숙사에서 생활하는 학교인데 대체 어디서 구해왔는지 밀가루 포대를 들고 나타나 온갖 데 뿌리며 친구와 선후배들을 허연 반죽으로 만들던 짓궂은 아이. 박재삼 시인이 '흥부 부부상'이라는 시에 썼던 '번쩍이며 정갈하던 웃음의 물살'이란 게 아마 그렇게 놀던 아이들의 얼굴에 흘렀을 것이다.

승패가 엇갈릴 땐 같이 살던 사이들임에도 죽일 듯이 날을 세우던 아이들도 체육대회가 끝나면 그걸로 끝이다. 그럭저럭 행사를 마무리하고 뒷정리를 하고 있을 때 온몸이 밀가루 범벅이 된 우리 반 일수가 손으로 반죽하고 잘라서

울퉁불퉁한, 그러니까 끓는 물에 들어가기 직전의 손칼국수 면발같이 된 상태로 날 찾아왔다.

"쌤 저 제사를 지내러 가야 되는데요."

사연이 많은 아이였다. 남자애지만 유난히 시를 좋아하고 말재주가 있어서 꼭 어릴 때의 나를 보는 것 같다는 착각을 하게끔 하던 아이. 1년 전 첫아이를 낳은 초보 아빠인 나와 거의 나이 차이가 없는 엄마를 둔 아이. 그 엄마와 아빠가 각자의 가족을 새로 꾸린 것을 그들의 삶으로 인정하면서 나이에 비해, 또래에 비해 속으로 깊어가던 아이.

"응? 근데? 그 꼴로 갈 건 아니지? 기숙사 가서 얼른 씻지 않고 뭐하냐."

"기숙사 부장 쌤이 문을 안 열어주시는데요."

"너 여덟 시까지 가려면 지금 가도 늦지 않냐? 시외버스 시간에 맞출 수 있겠어?"

"그러니까 지금 들어가서 얼른 씻고 가면 되는데 문을 안 열어주세요."

체육대회가 생각보다 일찍 끝났고, 기숙사 문이 열리는 시간까지는 아직 시간이 꽤 남았다. 기숙사 부장 선생님은 개방 시간이 되기 전에 기숙사 문을 열어주지 않는다는 원칙에 충실하기로 한 듯했다. 그러면 일수는 시외버스를 놓쳐 제사에 가지 못하거나, 칼국수 면발같이 된 꼴로 제사에 참석해야 한다. 아무리 체육대회였다고는 하나, 자식이 그 꼴로 그것도 제사에 온 걸 쿨하게 상복 대신 옷에 흰 칠을 하고 온 기특한 녀석이라고 생각할 부모가 있을 리 없다. 원칙도 원칙이지만 좀 특별한 상황이니 양해를 부탁드려보라고 말하려다가 삼켰다. 애초에 말이 잘 됐으면 날 찾아오지 않았을 테니까. 일수를 데리고 기숙사로 향하는데 마침 복도에서 기숙사 부장 선생님을 만났다.

"선생님, 오늘 체육대회 하시느라 고생 많으셨습니다. 그런데 저희 일수가 지금 제사"

"안 됩니다."

"예 알죠. 규정이 그런 거. 아직 기숙사 문 열 시간이 안 된 거. 그치만 일수가 할아버지 댁까지 가는 시외버스를 타려면 지금 씻어야 해요. 한 번만 양해를 좀 해 주세요."

"안 된다니까요."

"아니 그럼 제사 지내러 가는 애를 저 꼴로 보내라는 말입니까?"

"오늘 제사에 갈 것 같았으면 저런 장난을 치지 말았어야죠."

말문이 막혔다.

"그러지 마시고 제가 이렇게 직접 부탁드리러 온 걸 생각하셔서라도 좀 열어 주세요. 다른 아이들은 제가 개방 시간 전에 못 들어가게 여기서 지키고 있을게요."

"안 된다고 말씀드렸어요."

내 언성이 점점 높아져가는 것만큼 일수의 얼굴도 점점 일그러져갔다. 난처함과 억울함, 분노가 동시에 읽혔다.

"체육대회 일찍 끝낸 제 잘못이니까 저한테 뭐라고 하시고, 얘는 좀 씻깁시다."

문장은 청유문이었지만 통보의 의도를 담은 이 문장에 대답하는 사람은 없었다. 내 말이 채 끝나기도 전에 자기 할 말은 다 했다는 양 그 선생님이 돌아서서 가 버렸기 때문이었다.

"아이 시발 뭐 저런 게 다 있어."

혼잣말인 듯 들으라고 하는 소리인 듯, 딱 본인에게 욕하는 거라고 생각하는 사람이 뒤돌아보지 않을 만큼의 절묘한 볼륨으로 말을 내뱉어 놓고는, 선생이 욕하는 것을 옆에서 들었을 일수에게 부끄러워졌다. 언젠가 우리 반 아이

들이 내게 와선 기숙사 부장 선생님이 선생님보고 '저런 것
도 선생이라고. 선생 같지도 않은 게' 하며 혀를 찼다는 그
말이 대화 중 떠올랐다 내려갔다 하면서 분을 더 돋웠던 것
같기도 했다. 나를 그렇게 여기는 사람에게 자존심을 굽힌
다고 생각하고 부탁했건만 벽에다 이야기하는 것만 같았으
니 삭힐 길 없는 분노는 내 속만 긁었다. 규칙이 애를 멀쩡히
제사에 보내는 것보다 중요하지 않다는 나와, 학생 개개인의
사정보다 학교라는 곳에 존재하는 규칙 그것이 그 문자 그
대로 지켜져야만 한다고 생각하는 그는, 애초에 나란히 걷
기 힘든 사람이었는지도 모르겠다. 규칙이라는 건 대체 누
구와 무엇을 위해 존재하는 것인지에 대한 물음이 머릿속에
떠다니며 왱왱 소리를 냈다.

어쨌든 애는 씻겨야겠고 저 요지부동의 수문장을 비켜
나게 할 사람은 한 명밖에 없었다.


"교장 선생님! 저희 일수가 제사를 지내러 여덟 시까지
할아버지 댁에 가야 되는데 기숙사를 안 열어줘서 이꼴로
거기까지 가게 생겼습니다! 기숙사 좀 열어주시면 안 되겠습
니까?"

일수의 꼴에 놀라신 건지 갑작스런 방문에 이어 묻지도 않은 질문과 사연의 투척에 놀라신 건지는 몰라도 말없이 잠시 계시던 교장 선생님께서 상황이 짐작이 가신다는 듯 착잡한 얼굴로 말씀하셨다.

"교장 관사로 갑시다."

"예?"

일수와 내가 동시에 외쳤다. 내가 몇 살만 어렸어도 아마 '잘 못들었습니다?'라고 했을 거다. 멀쩡한 학생용 기숙사를 놔두고 교장 관사라니.

"시간은 얼마 없고, 저도 그 선생님을 설득할 자신이 없어요."

"아니 아무리 그래도 어떻게 멀쩡한 기숙사를 놔두고 교장 선생님 관사를 씁니까?"

라고 외쳤지만, 발은 이미 교장 관사로 옮겨가고 있었다. 일수를 평범한 하루를 보낸 평온한 학생으로 만들어 가정으로 돌려보내야 했기 때문이다. 씻으러 들어간 녀석을 기다리며 연신 시발시발 말을 내뱉아도 시간은 무심히 흘러갔고 그가 타야 할 시내버스 역시 그를 두고 무심히 출발했다. 나는 그를 내 차에 태웠다. 체육대회를 총괄했던 나를 위한 전체 회식이 마련되어 있었지만 그런 것은 어찌 되든 관계없었다. 내가 있어도 없어도 그 자리는 열심히 먹고 마실 것이다. 그러나 일수는 자신이 있어야 할 자리에 있어야만 한다.

차 안에서 그 아이의 마음을 다독인답시고 나는 아마 요지부동의 수문장에 대한 흉을 무척이나 봤을 것이고, 규칙이란 게 사람 위에 군림해서 되겠냐며 평소에 갖고 있던 개똥철학을 설파했을 것이고, 시원하게 교장의 권위를 휘두르는 대신 자신의 공간을 내어준 교장 선생님의 안타까운 모습에 대해 한참을 말했을 것이지만, 그 시간의 일수는 평소보다 무척 말이 적었다.

"일수야! 속상했겠지만 가면서 눈이라도 좀 붙이면 마음이 풀릴지도 몰라. 오랜만에 아버지 뵙는 거니까 인사 잘하고. 차 조심하고!"

터미널로 들어가려는 일수에게 창문을 내리고 으레 하는 잔소리를 건넸다. 평소의 일수라면 걱정 말라고 잘 다녀오겠다고 시키지도 않은 농담을 주절거렸겠으나, 그때의 일수는 별다른 말도 대답도 없이 그저 씨익 웃고 말았다. 입꼬리가 내려가는 그 웃음에 걸린 입술의 색은 유난히도 빨갰다. 그날의 일수는, 무엇을 생각하며 웃었던 것일까. 규칙을 권위의 수단으로 사용하는 것에 대한 비웃음이었을까, 완고함을 뛰어넘지 못하는 담임선생의 무능을 위로하는 것이었을까, 아니면 횡포와 같은 권위에 눌릴 수밖에 없는 학생이라는 신분에 대한 쓸쓸함이었을까.

〈왜 학교에는 이상한 선생이 많은가〉라는 책에는 강한 권력을 갖게 된 이에게는 타인의 감정에 공감하도록 하는 뇌의 영역이 퇴화된다는 흥미로운 이야기가 나온다. 교실은 독립적이고 수업은 외부와 단절되어 있으며 교사는 합법적이든 아니든 학생들에게 거의 절대적이고 일방적인 영향력을 행사할 수 있다. 학생의 바람직한 성장을 돕는다는 명분 아래 그것은 쉽게 정당화된다. 그러나 그것은 때때로 교사라는 개인의 감정과 행동을 왜곡시키기도 한다. 학생들에게 무언가를 지도할 때 "너를 위해서 그 행동을 해야 한다."고 알려주는 게 아니라 "너를 위해서 너는 내 말을 잘 들어야 해."와 같은 마음이 되는 것이다. 그래서 학생의 자신의 말을 따르지 않으면 우선 화가 난다.

그러나, 학생들은 선생을 기쁘게 하기 위해 존재하는

삐에로가 아니다. 타인을 존중하고 배려하는 삶을 살아야 한다고 가르치면서 자신은 그리하려는 노력조차 하지 않는 동료를 나는 무척이나 싫어한다. 물론, 내 안의 그러한 부분도 마찬가지다. 적어도 자신과 학생들의 삶을 규정하고 강제하는 온갖 제도와 법, 규칙이라는 것들이 존재하는 이유에 대해서 고민하고 성찰하는 그런 동료들이 주위에 많으면 한다. 아이들이 교사들의 눈 밖에 나서 괜한 고생을 하지 않으려고 삐에로처럼 거짓 웃음을 짓지 않도록.

# 흰자위가 슬픔을 불러오는 걸까

흰자위가 보일락 말락할 만큼 작은 눈구멍. 작은 단추 같은 눈구멍을 꽉 메운 까만 머루 같은 눈망울. 그 밑으로 눈동자의 부스러기가 잔뜩 떨어진 듯한 주근깨 무리. 아래쪽으로 내려올수록 두툼해지는 살집 붙은 얼굴. 윗입술보다 아랫입술이 살짝 더 튀어나와 꽤 고집스럽게 보이게끔 앙다문 입술. 세상을 빼꼼 내다보고 있지만 누가 살짝 건드리기라도 하면 달팽이처럼 제 집 속으로 쏙, 하고 숨어버릴 것만 같았던 효은이의 첫인상이었다.

효은이가 어릴 적에 이혼한 아버지는 같은 도시의 다른 동네에 새 가정을 꾸렸고 새로운 아이들도 여럿 태어났다. 시나브로 효은이는 그 집에 있는 것이 어색한 천덕꾸러기가 되어갔다. 저도 자신에게 붙은 그 딱지에 어울리는 사람이 되려고 그랬는지 때마침 찾아온 사춘기를 정통으로 맞으면서 인위적으로 엄마라고 불러야 했던 그분과 좋은 사이를 유지할 수 없었다. 그렇게 조금씩, 그래야만 했다는 듯이 그 가정 밖으로 밀려나 시골에 홀로 사시는 할머니에게로 보내졌다.

고등학교에 갈 나이가 되자 당연히 효은이는 가장 가까운 고등학교로 진학하게 되었다. 학생들을 전국적으로 모집하는 다른 특성화 고등학교가 인근에 있었지만 하루에 몇 대 다니지 않는 버스로는 도통 통학이 어려웠던 탓에 그리로 가는 것이 어렵기도 했다. 그렇게 입학하게 된 학교가 평범한 인문계 고등학교였다면 그렇게 있는 듯 없는 듯 어울려 지내다 그럭저럭 성적에 맞는 아무 대학이나 가서 또 다른 삶을 살게 되었을지도 모르겠다. 하지만 대학 대신 취업을 향해 미친 듯이 달리는 아이들 가운데서 효은이는 오히려 도드라져 보였다. 적성에도 안 맞는 전공 과목들의 성적이 낮은 것은 물론이고, 교통은 불편해도 거리상으로는 집이 가까우니까 기숙사에도 들어가지 못해 친구들과 친해질 기회도 더욱 갖기 힘들었다.

아이들이 성장해 나가는 것을 보는 건 이루 말할 수 없는 즐거움이지만 때때로 아이들은 깊숙이 숨겨둔 잔인함을 내보일 때도 있다. 사회 생활에 닳고 닳은 어른들만큼이나 아이들도 그들 사이의 관계에 있어 누가 자신에게 도움이 되는지, 경쟁할 만한 사람인지, 또는 손절해야 할 사람인지 기가 막히게 파악한다. 그리고 때로는 그것을 여과 없이 표출하기도 한다.

그런 와중에 사랑과 꿈이 가득한 에버랜드로 가게 된 첫 현장체험학습. 한두 달쯤이면 아이들은 어느 정도 관계를 맺고 서로 집단을 형성한다. 특히 여학생들은 그 집단을 그룹 또는 무리라고 일컬으며 상당한 소속감을 갖는다. 한 학급을 일 년 동안 꾸려가야 하는 담임 교사의 입장에서는 이런 현장체험학습을 갈 때 구성원들을 막 섞어서 그룹의 고착화를 저지하고 어색한 친구들과의 강제적 교류에서 뜻밖의 즐거움을 얻게끔 시도하고 싶어진다. 하지만 사람의 관계라는 걸 그렇게 의도적이고 강제적으로 만들려고 하면 어떤 대가를 치르게 되는지 느끼게 되는 데까지는 얼마 걸리지 않는다. 꿈과 희망의 나라에서 친한 친구들과 추억을 만들고 싶은 마음이 담임의 말을 잘 듣는 것보다 그들에게는 훨씬 중요한 일이었다는 것도.

꿈과 희망의 나라에 입장권을 보이고 들어서자마자 효은이는 덩그러니 남겨졌다. 그와 같은 조인 다른 아이들은 담임이 억지로 묶은 울타리를 우습게 뛰어넘어 제가 친한 아이들과 어디론가 사라져 버렸고, 효은이가 할 수 있는 일은 담임의 전화번호를 누른 채 신호음을 들으며 말없이 서 있는 것뿐이었다. 헐레벌떡 달려가 마주 본 효은이의 얼굴. 흰자위가 슬픔을 가져오는 원인이라고 여기는 듯 슬플 때는 유난히 까만 눈동자로만 더 가득 차 보이는 얼굴. 제 방 안에서 홀로 숨어 울었을 시간들만큼 훌쩍거리는 소리조차 스스로 거세한 듯이 일그러진 주름조차 없이 그저 홀로 떨어져 내리는 굵은 눈물 방울, 방울.

학급에 있는 아이들 모두가 두루두루 잘 지내기를 바라는 것은 그저 담임을 비롯한 교사들과 학부모들의 욕심이다. 아이들은 서로 무척이나 다르고 그래서 그것을 확인하고 인정하고 맞춰가는 곳이 학교다. 학교는 그것을 사회에서보다 안전하게 연습할 수 있는 곳이다. 물론 그것에 실패하고 상처받았을 때 교사와 특히 부모의 지지로 극복했을 때 아이는 한 단계 성숙하게 되지만 그 둘 중 무엇이라도 부족하게 되면 아이가 성장하는 것은 더욱 어렵게 된다. 효은이가, 그랬다.

하필 꿈과 희망의 나라에서 자신이 친구들로부터도 밀려나고 있다는 것을 느끼게 되었던 그날, 안타깝게도 효은이의 곁에는 겁이 많아서 놀이기구도 제대로 못 타는 담임이 있었고, 그래서 어린 아이들이나 타는 꼬마 기차나 타야 할 뿐이었다. 사실 그날 효은이의 곁에 있었던 건 잘 놀 줄 몰라서 그냥 같이 있어 줄 수밖에 없었던 서른두 살의 아저씨가 아니라, 뚱뚱하고 아는 척 많이 해서 재수 없다고 친구들에게 따돌림받았던 한 초등학생이었다는 걸 효은이는 알고 있었을까.

쌉쓸한 시간을 보내고 돌아왔지만 학교는 다시 이전과 같았다. 아이들은 저마다 각자의 자격증을 따기 위해, 좋은 내신 성적을 받기 위해 고군분투했고 거기에 맞게 학교는 언제 현장체험학습을 다녀왔냐는 듯 빡빡한 스케줄로 돌아갔다. 그런 만큼, 효은이는 여기저기로 튀어 나가기 시작했다. 같은 반 아이가 쓰던 립글로즈를 교실 뒤편 전신 거울 앞에 서서 마치 자신의 것인 양 바르는 일. 몇 개 먹다 남긴 뽀또를 제 것인 양 먹는 일. 학교 앞 문구점에서 오늘 짝꿍이 등 곳길에 새로 산 샤프와 지우개를 제 필통에 집어넣는 일. 뭐라고 하기도 힘든 사소한 것들이지만 뻔히 다 알고 본 사람들이 점점 늘어나는데 딱 잡아떼는 효은이의 행동에 아이들과 효은이의 마음속 거리는 메우기 힘들 만큼 벌어져갔다.

증거가 없으니 효은이를 범인으로 단정 지어서는 안 된다고 애써 외면하던 담임과 담판을 짓겠다며 여자아이들 몇이 나를 찾아오고 난 다음, 효은이의 할머니가 학교로 오셨다. 립글로즈와 머리핀과 필기도구를 변상해 주겠다며 몸뻬바지 속 꼬깃꼬깃 접어둔 만 원짜리 몇 장을 꺼내시려는 것을 애써 눌러 잡았다.

"할머니, 학교에 그런 돈 다 있어요. 할머니가 변상 안 해 주셔도 돼요. 제가 알아서 할게요."

"아이구 선생님 고맙습니다. 얘들아. 할머니가 대신 사과할게. 효은이가 외로워서 그래. 어렸을 때부터. 너희들이 마음 넓게 이해해 주길 할머니가 이렇게 부탁한다."

에버랜드에서의 그날처럼 할머니 곁에 앉아 무심하게 눈물만 뚝뚝 떨어뜨리던 효은이와 뜻밖에 할머니로부터 사과를 받은 당사자 아이들은 몸 둘 바를 몰라했다. 그날의 일 때문에 그 자리에 있었던 아이들은 또다시 반복되는 효은이의 행동에도 앞장서 바람막이와 버팀목이 되어 주려 노력했다. 나도 그들을 더 끈끈히 묶어주려 데리고 나가서 밥도 사주고, 다이어리도 사서 안기며 교환 일기도 써 보라며 권했다. 하지만 나의 시도도, 그 아이들의 마음도 효은이의 마음을 녹이는 데까지는 가 닿지 못했던 것 같다.

　지각이 점점 잦아지니 내가 출근길에 효은이의 집까지 가서 학교로 데려오기도 여러 번이었다. 포장된 도로가 끊기고 흙과 자갈이 얼기설기 섞인 울퉁불퉁한 길을 차로 3분 남짓 더 올라가면 효은이의 집이 있었다. 그야말로 시간이 60년대에 멈춘 듯한 그 집. 축사였던 듯 보이지만 지금은 자주 쓰이지 않는 농기구들이 처박힌 헛간. 그 헛간 한쪽 기둥에 매어진 누렁이가 핥아먹다 남긴 개밥이 들어 있는 찌그러진 스테인리스 그릇. 스테인리스 그릇에 담긴 밥을 지었을 것 같은 아궁이 위의 귀퉁이가 깨진 가마솥. 그 아래 채다 꺼지지 않은 불씨에서 피어오르는 연기. 비 맞고 바람맞아 이리저리 뒤틀린 대문 간의 나무 기둥. 그 기둥 사이로 보이는 방 두 칸 중에 효은이의 방은 왼쪽일까 오른쪽일까 고민했을 나를 내리누르는 시골 측간의 문득 코를 찌르는 암

모니아 냄새.

　지각이 점점 많아지니 조퇴도 많아지고, 며칠 걸러 한 두 번씩 결석도 늘어갔다. 매번 전화를 하고 데리러 가는 것도 점점 지쳐가니 나 역시 못 이긴 척 학교에 오지 않아도 좋다고 넘어가는 경우가 많아졌다. 내가 그 답답한 마음 전부 다독여줄 수 없고, 학교에 의미 없이 앉아 있는 게 그리 힘들면 바깥 바람이라도 쐬는 것이 낫겠다 싶었다. 그러던 어느 날 등교 시간을 조금 넘긴 시각, 효은이 할머니에게 먼저 전화가 왔다.

　"아이고 선생님. 애가 집엘 안 들어와요. 시내로 친구 만나러 간다고 하고 나가고는 연락이 없어요."

　"할머니 너무 걱정 마세요. 저도 연락해 보고 친구들 통해서도 알아볼게요."

　간간이 페이스북에는 접속하지만 전화를 받지는 않는 상태. 가출이었다. 용돈도 떨어져 사는 아빠에게 어쩌다 한 번 받는 애가, 빈혈이 심해서 어디에서 아르바이트도 하기 힘든 애가 대체 어딜 가 있는 건지. 실종 신고를 해야 빨리 찾을 수 있다는 생각에 할머니께 경찰에 연락해 보실 것을 권했고, 곧 그 아이는 동서울터미널 근처의 찜질방에서 꼬리가 밝혔다. 시외버스 터미널에서 동서울로부터 돌아오는 그 아이를 만났다. 멋쩍은 듯 머리를 긁적이며 웃는 아이를 차에 태워 집으로 데려갔다. 그 웃음이 담임 선생이나 할머니에 대한 미안함이라기보다는 자신이 의도한 바를 이루지 못한 것에 대한 아쉬움에 가까웠다는 걸 그 학기 내내 반복해서 곱씹을 수밖에 없었다. 그 이후로도 출가와 복귀가 수차례 이어졌기 때문이다. 다만 찜질방 대신, 온라인에서 만난 매번 다른 애인들의 집에서 묵는다는 것이 바뀐 부분이었다.

그나마 다행(?)인 것은 그 애인들이 모두 여자여서 적어도 임신할 지도 모른다는 걱정은 좀 덜 된다는 것이었다. 가출한 애를 두고 그나마 애인이 여자라 임신을 안 할 확률이 높다는 것에 안도해야 한다는 이 비현실적인 상황. 가정에서도, 학교에서도 밀려나기만 하던 이 아이를 할머니와 담임선생이 아이의 옷 끝자락 하나 겨우 붙잡고 있는데 심지어 애인을 만나는 것조차 평범하지 않으니 이제는 타인이 아니라 본인이 세상을 밀어내고 있는 게 아닌가 싶을 지경이었다.

출(出)과 귀(歸)의 반복은 아이가 한 살을 더 먹으면서 잠잠해졌다. 같은 반 친구들은 이 공기업 저 공공기관에 거듭해서 지원하고 전형 준비를 하느라 난리법석이었지만 반대로 효은이는 더욱 조용히 가라앉았다. 어항 속에서 쉼 없이 움직이는 물고기들의 배경으로 그들이 일으키는 물결에 따라 그저 흔들리는 물풀 같았다. 그렇게 거의 가을에 접어들 무렵, 효은이에게도 취업을 나갈 수 있는 기회가 왔다.

학교로부터 차로 두 시간쯤 가야 하는 경기도 남부에 위치한 어느 공장의 생산직 자리였다. 어디에서도 자신을 반겨주지 않는다고 생각했던 아이가 비록 단순한 작업이지만 스스로의 노동으로 자신의 삶을 책임질 수 있는 단초가 될 자리를 발견하게 되자 그 얼굴에 꽤 오래 보지 못했던 생기를 피워올렸다. 공장장님의 앞에 나와 함께 앉은 효은이는 쑥스러워하며 그의 물음에 대답을 한 마디도 하지 못했다. 대변인인지, MC인지 모르겠지만 아이 대신 대답하고 평소보다 두 톤쯤 높은 웃음을 애써 흩뿌리며 아이를 떼어놓고 돌아오며 역시 세상에 쓸모없는 사람은 없다고, 기회는 누구에게나 온다고 조금은 들떴었던 것 같다.

하지만 그 들뜸이 사라지는 데는 채 며칠이 걸리지 않았다. 이틀이 지난 오후, 공장의 인사담당자라는 사람으로

부터 받은 전화.

"채용 신체검사를 했는데 악성 빈혈이랍니다. 오랫동안 서서 작업을 해야 하는데 도저히 안 될 겁니다. 애도 착하고 너무 아쉽지만 지금 당장은 채용이 어렵겠습니다. 다음에 빈혈이 낫거든 다시 저희 회사로 보내 주시지요. 선생님."

다시 두 시간을 거슬러 달려 도착한 공장 사무실 문 앞에 효은이가 가방을 들고 서 있었다. 차라리 날 보고 서럽게 울었으면 좋았으련만 언제나처럼 아랫입술로 윗입술을 덮은 채 무표정한 얼굴로 서 있었다. 서로 공수표인 걸 알면서도 혹시나 하는 마음에

"빈혈이 낫거든 꼭 좀 저희 효은이 부탁드립니다. 과장님 또 연락드리겠습니다."

는 소릴 거듭했다.

"야야, 효은아. 회사가 여기 밖에 없냐. 니가 갈 수 있는 자리가 또 많을 거야. 걱정 말고 또 찾아보자. 좋은 자리 찾아서 돈 벌어 가지고 할머니 편하게 모시기로 쌤하고도 약속했잖아."

애써 쾌활하려 했지만 우리의 대화는 그리 길게 이어지지 못했다. 늦은 밤 도착한 그 아이의 시골집에는 예의 그

암모니아 냄새가 났다. 다만 예전보다는 꽤 시끄러웠는데, 키우던 개가 애비가 누구인지도 모를 새끼 다섯 마리를 낳은 것이었다. 아무리 새하얗고 내 주먹만큼 앙증맞은 녀석들이라도 자신이 주인과 그 집을 지키는 개라는 운명을 타고났다는 것을 아는 듯 처음 보는 나를 보고 제법 카랑카랑하게 짖었다. 효은이가 직장을 구하지 못하고 돌아온 것이 마치 내 탓인 것만 같아 할머니께 인사를 드렸지만, 등을 돌리고 나오기가 민망하여 들어온 그 길을 후진으로 나가기 시작했다. 걸릴 것이 없는 흙길에서 차 뒷바퀴가 돌부리 하나를 타넘은 듯 한 번 덜컹했다. 그런데 돌부리의 질감이 좀 달랐다. 타이어 아래에서 난 소리도. 뭘까 싶어 내려 본 차 아래에는, 비명도 제대로 지르지 못하고 파르르 떨고 있는 하얀 강아지 새끼 한 마리. 어쩔 줄 모르고 황망해하는 내게 할머니는 무심한 듯 허망한 듯 말씀하셨다.

"어쩌겠소. 제 팔자인 게지. 어서 가세요 선생님."

그 뒤로도 효은이에게 몇 군데의 자리를 제안했지만 아예 가지 않거나 면접을 통과하지 못했다. 결국 효은이는 아무 곳에도 취직하지 못한 채 졸업을 맞았다. 3년 동안 제 밥벌이를 할 만한 수단을 갖도록 해 주지 못한 것이 죄스러웠지만, 가족 대표로 졸업식에 홀로 오신 할머니는 내 손을 잡고 눈물을 글썽이셨다.

"선생님 덕분에 우리 효은이가 고등학교라도 졸업했소. 정말 고맙습니다."

그리고 내 손에 억지로 쥐어 주셨던, 당신이 직접 농사 짓고 거두어 기름을 짜신 들기름 한 병. 견뎌주어서 고맙다고 내가 졸업 선물을 주어도 모자랄 것을 무엇이 고맙다고 도리어 선물을 주시는 그 마음을, 아직도 나는 받기에 송구하고 면구스럽다. 들기름과 할머니와 나를 번갈아 보던 효은이는 덕분이라는 말을 길지도 짧지도 않게 남기고 학교를 떠나갔다. 다만, 그 표정은 분명히 후련해 보였다. 지금은 어디서 어떻게 지내고 있을까. 그렇게나 취직을 해서 떠나고 싶다던 그 낡은 집을 떠나서 살고 있을까. 간호사가 되어서 할머니 고생 그만하시게 하겠다던 효은이는 지금, 어디서 흰 자위와 슬픔을 지워내고 있을까.

## 그저. 잘. '살아' 있기를

"수진아! 어디냐? 오늘 일요일 저녁인데 아직 기숙사에 안 들어왔다며?"

"네 쌤. 가는 중에 어제 오늘 먹은 거 다 토해서 집으로 도로 왔어요. 내일 아침에 병원 갔다가 학교로 바로 갈게요."

"그래? 방광염 때문에 그런가?"

"모르겠어요. 암튼 내일 봬요."

"그래 알았어. 병원 꼭 다녀와."

강원도는 참 넓다. 살아보지 않은 사람들은 막연하게 심심산골이라고 생각할 테지만 인구가 30만 명을 넘나드는 도시도 세 개나 있고 산뿐만 아니라 호수도, 강도, 바다도, 심지어 평야도 있다. 지형 환경이 그러한데다 넓은 도로가 적어서 시군 사이를 이동할 때 강원도 안에서만도 두 시간이 넘게 걸리는 경우도 많다. 심지어는 강원도의 최남단이자 강원랜드가 있는 정선군 사북 고한 지역에서 강원도 최북단 철원군까지는 자동차로 약 네 시간이 걸린다. 하지만 어떤 아이들은 그런 지역적 제약을 굳이 감수하고도 가정을 떠나려고 하기도 한다. 수진이가 그랬다.

"고정된 틀에 얽매이거나 매일 같은 일을 되풀이하는 것보다는 새로운 것에 도전하는 것을 즐기는 성향임. 특히 창업 분야에 관심이 많아서 미래에 자신의 회사를 설립하고 CEO로서 유망하게 키워내겠다는 진로 목표가 매우 뚜렷함. 창업 관련 자율 동아리를 결성하고 회장을 맡아 각종 창업 관련 활동에 다양하게 참가했으며 많은 성과를 거둠으로써 실제 시장 진입 가능성에 대한 긍정적인 평가를 받음. 희소한 재료를 구하기 위해 서울까지 직접 다녀오기도 하고, 시제품 제작을 위해 기숙사에서 매일 새벽까지 작업을 하는 등의

열의를 보였으며 이러한 솔선수범을 통해 동아리 구성
원들의 참여를 이끌어내었음. 구성원들의 장단점을 파
악하여 각자에게 적합한 역할을 배분하는데 탁월한
능력을 보이며, 특히 주어진 자원과 시간이 제한적일
때 더욱 빛을 발하는 카리스마적 리더십을 지니고 있
음. 학급에서 교우관계의 문제로 소외된 친구의 마음
을 적극 대변하여 관계를 정상화하는 데에 많은 도움
을 줌. 쾌활하지만 어른스러운 성격으로 친구들의 고민
을 진지하게 함께 할 줄 알며 남녀를 가리지 않고 교우
관계가 원만하여 학급 내 남학생들과 여학생들이 사
이좋게 지내는 데 크게 기여했음. 사회적으로 합의된
권위에 대한 존경심이 있음. 어버이날에는 자신이 직
접 제작한 효도상품권을 부모님께 드리는 장면을 사진
으로 찍어 학급 커뮤니티에 게시함으로써 학급 구성
원 모두가 부모님께 감사하는 하루를 보내는 데 기여
함. 결과와는 별개로 학업 성적을 향상시키기 위해 매
우 많은 노력을 함. 그러나 개인의 발전만을 목표로 하
지 않고, 학습 내용을 정리한 유인물을 친구들과 공유
하고 자신보다 성적이 낮은 친구들이 포기하지 않도록

끊임없이 독려하는 리더로서의 자질을 보임."

학교생활기록부. 흔히 학생부 또는 생기부라고 불리는
그것의 제일 끝에는 행동특성 및 종합의견이라는 작성란이
있다. 담임 교사가 1년 동안 아이를 관찰한 것을 토대로 내
리는 총평과도 같은 것이다. 수진이의 2학년 말 행동특성
및 종합의견란에다가 당시의 나는 위와 같이 적어 두었다.


"쌤. 저 임신했어요."
내가 만약 내 땀구멍의 개폐를 조절할 수 있어서 스트
레스 때문에 쌓이는 몸의 노폐물을 분출할 수 있다면, 아마
그 말을 듣는 순간에 내 온몸의 땀구멍을 개방해서 그 몹쓸
것들을 몸 밖으로 내보내느라 아마도 젤리 같은 모습이 돼
버렸을지도 모르겠다.
"일단, 엄마 아빠는 모르시고요. 언니랑 언니 남자친구,
그리고 효은이만 알아요 지금은."
"어… 어어…"
"근데 저 수술하려고요."
"어? 아. 그…"

"임신한 줄도 모르고 방광염약도 계속 먹고, 감기 걸렸을 때 항생제 다 먹었거든요. 인터넷에 찾아보니 그러면 기형아가 될 확률이 높대요."

"어… 그건 저 의사…"

"선생님. 저 자격증도 없고 성적도 엉망이에요. 그리고 선생님은 저희 집 사정도 잘 아시잖아요. 제가 백번 양보해서 독한 맘 먹고 애기를 낳아도 결국 이 가난을 대물림할 게 확실해요."

"어… 그러니까 이거를……"

"저희 아빠 성격 장난 아니에요. 이거 아시면 분명히 칼부림이든 뭐든 무슨 사단이 나도 날 거예요. 제가 조용히 알아서 할 테니까 선생님은 그렇게 아세요."

스쿼시 공을 홀로 두드려 맞는 벽이 된 것 같았다. 혼자서 내가 할 말을 다 안다는 듯 자기 대답을 순서대로 쏟아놓는 수진이 앞에서 나는 내 의지대로 아무 말도 하지 못한 채 그저 작은 신음만 입 밖으로 흘려보낼 뿐이었다. 다만 나중 일이야 어찌 되든 아이의 몸 상태가 정상은 아닌 걸로 보였으니 야간 자율학습에 들어가는 대신 일단 기숙사에서 쉬면서 몸을 좀 추스르도록 했다.

혹시나 생각이 변했을까 싶어 다시 이야기를 나누어 보려고 했지만 그것은 이미 내 설득의 영역이 아니었다. 언니를 통해 어머니도 그 사실을 알았고 벌써 남자친구와 함께 병원에 예약까지 해 둔 상태라고 했다. 다음 날 수진이는 감기몸살과 기존에 앓고 있던 질환으로 조퇴했고, 곧 병원에서는 몸 상태가 매우 좋지 않으니 빨리 수술할 것을 권했다는 메시지를 보내왔다. 통화하면서 언니가 함께 있다는 것을 확인한 게 그나마 다행이었지만 청소년 임신과 중절이라는 상황 앞에서 나는 인간적으로도 종교적으로도 선생으로서도 남자 어른으로서도 무척이나 흔들렸다. 결국 수술을 받고 병원에 누워 있으면서도 친구들과 함께 출전했던 공모전 준비, 2회고사 준비에도 발을 빼지 않고 꾸준히 무언가를 하는 수진이의 모습이 날 더욱 혼란스럽게 했다.

이 세상 같지 않던 주말이 지나고 수진이는 학교로 돌아왔다. 죄책감과 심한 감정 기복으로 힘들어하는 수진이에게 외부의 전문상담기관을 연계해 주기 위해 수소문했다. 지금은 거의 모든 학교에 Wee Class라고 해서 전문 상담 인력이 상주하며 아이들의 정서, 심리 상담을 담당하지만 당시의 학교에는 전문 상담교사도, 보건교사도 배치되지 않은 상태였기 때문에 그런 몫 역시 학생부장에게로 돌아왔다. 다만 지역 교육청에 설치된 Wee 센터에서 지속적인 상담을 통해 개입하고자 했던 것이 많은 도움이 되었다. 수진이는 나에게 털어놓는 이야기와는 달리 교실에서는 전과 전혀 다름없는 모습으로 생활했다. 그러나 내 눈에는 수진이의 마음속 불안이 점점 더 커져가는 것처럼 보였고 결국 일주일이 채 지나지 않아 커터칼로 제 손목을 그은 상처 자국을 내게 들이밀었다.

자해 시도와 자살 시도는 그 목적과 방법이 좀 다르다. 자살은 정말로 죽기 위해서 되돌릴 수 없는 방법을 선택한다. 뛰어내린다거나, 목을 맨다거나, 약을 왕창 먹는다거나 하는 방법들이다. 반면 모두 그런 것은 아니지만 자해는 자신이 살아있다는 느낌을 받기 위한 목적이 크다고 한다. 아무런 의미를 찾을 수 없는 무의미한 일상 속에서 그 순간을 파고드는 짜릿한 고통과 선명한 핏빛이 자신이 살아있음을 일깨우는 것이다. 그리고 그것은 자해하는 사람들 사이에 묘한 공동체 의식을 갖게 하는 모양이었다. 페이스북이나 각종 익명 커뮤니티에는 자해를 하는 모습을 공유하거나 그것을 보고 서로를 인정하고 위로하는 행태들이 늘어나기 시작할 때였다. 일반적인 학부모나 교사들은 자살과 자해를 죄나 잘못에 가깝게 받아들이는 경우가 많다. 요즘은 인식들이 많이 바뀌었지만 자살과 자해는 직면하는 것이 중요하다. 있는 그대로의 현상과 아이의 감정을 우선 인정하고 대화하면서 전문가의 도움을 받아야만 한다.

수진이의 상처를 보았을 때 이런 생각까지는 하지 못했지만 내가 감당할 수 있는 범위를 이제는 확실하게 넘어섰다고 직감했다. 그래서 Wee센터를 통해 정신건강의학과 병원을 추천받고 약물치료를 병행하기로 했다. 다만, 보호자가 아이를 데리고 병원에 가야 하지만 생업에 바쁜 수진이의 부모님이 일주일마다 한 번씩, 오는 데만 세 시간이 걸리는 이곳으로 오기는 힘든 일—이라고 내게 말했고, 매일 아이를 보는 것은 부모가 아닌 나였으므로—이었기에 수업이 비는 시간에 출장을 내고 아이를 병원으로 데리고 다니는 일 또한 자연스럽게 내 일이 되었다.

"이 선생님. 많이 힘드시죠?"

"어휴. 쉽지는 않네요. 사실 수진이 말고 다른 아이들도 있고 아시다시피 저희 학교에 상담 선생님이 안 계시잖아요.

학교 생활이 빡세니까 저도 아이들도 멘탈 관리하는 게 참 힘들어요. 그나마 Wee센터에서 이렇게까지 도와주시니 얼마나 감사한지 몰라요."

"그래도 일단 수진이랑 문장 완성 검사를 해 보니까 지금 가장 의지하고 있는 사람이 담임 선생님, 친언니, 그리고 남자친구라는 게 지속적으로 확인이 돼요. 그래서 이 사람들의 역할이 가장 중요하고요, 혼자가 아니라는 느낌을 주는 일이랑 정서적인 지지가 제일 필요할 것 같아요."

혼자서 모든 것을 감당하지 않으려 애썼다. 교장 선생님께 있는 대로 말씀을 드리니 치료비 지원, 수업 조정, 기숙사 사용 등 학교에서 해 줄 수 있는 최대한의 지원을 해 주자는 답변을 주셨다. Wee 센터를 통해 병원비도 지원받을 수 있었다. 수진이와 가장 친한 아이부터 기숙사에서 같은 방을 쓰는 아이, 심지가 굳어서 마음에 의지가 되는 아이들을 모두 얼기설기 엮어서 수진이를 혼자 두게 하지 말고 주말에도 페이스북 메시지, 문자메시지, 카카오톡 메시지로 수시로 연락해 보라고 종용했다. 수진이의 친언니와도 아이의 상태를 공유하면서 무슨 일이 생길 경우를 대비했다. 타지에서 일하는 아버지와 일용직 공공근로 일을 주로 하는 어머니 대신 친언니가 수진이의 실질적인 보호자 역할을 했기 때문이다.

나도 아이들도 전보다 관심을 더 많이 기울이고, 약물 치료도 병행하고 있었지만 수진이의 상태가 극적으로 좋아지지는 않았다. 상담 치료를 받아야 한다고 했던 기간도 2주에서 한 달로, 한 달에서 6개월로 점점 늘어만 갔다.

"교장 선생님. 어제 수진이가 집에서 언니랑 싸우고 지 손으로 유리를 깼답니다."

"아이고…… 수진이가 마음이 여전히 진정이 잘 안 되나 봅니다."

"네. 그 깨진 유리로 그은 데를 또 그었다는데요."

"아이도 참 마음 아프지만 담임 선생님이 고생이 너무 많습니다."

"아닙니다. 잘 버텨주면 참 좋겠어요. 결국 지나가는 폭풍이었으면 좋겠습니다."

수진이에게 바라는 말이었지만 나 스스로에게 하는 말이기도 했다. 하지만 그날부터 수진이는 학교도 오지 않고 내 연락도 받지 않기 시작했다. 눈으로 상처를 보았으니 부모님도 언니도 출근하고 없는 혼자 있는 집에서 혹여나 욱

해서 목이라도 맬까 겁이 났다. 기다림은 하루를 온전히 채우지 못했고 수업을 교체해서 수진이가 있는 집으로 차를 몰았다.

"수진아! 수진아 인마! 집에 있냐?"

인기척이 들리더니 핑크색 극세사 수면바지를 입은 수진이가 창백한 얼굴로 현관문을 열고 나왔다.

"오셨어요."

헛웃음이 났다. 두 시간 반을 쉬지도 않고 운전해서 왔는데 반가움도 귀찮음도 아닌 당연히 올 줄 알았다는 듯 담담한 표정.

"밥은 먹었냐? 혼자 있다며."

"그냥요."

나는 아직 안 먹었는데. 손목에 빨간 줄이 두 개쯤 더 늘어난 것이 눈에 띄었다. 못 본 척 무심하게 지나쳤다. 아무렇지 않게 수진이가 출전하기로 했던 창업경진대회의 소식, 같은 반 아이들의 자질구레한 이야기, 오는 길에 만났던 군인들의 모습과 같은 시답잖은 이야기들을 나누고 언니가 퇴근할 때까지 기다렸다가 수진이의 손목을 건네주고 돌아왔다. 조수석에 던져놓은 스마트폰에 메시지 알림이 하나

떴다.

"죄송해요. 걱정시켜서."

"그래. 그렇게 정신 붙잡고 있으면 됐지 뭐. 내일은 꼭 학교 나와야 해!"


2학년 2학기가 시작되면서 수진이는 낮은 성적과, 지금까지도 전공 관련 자격증을 거의 취득하지 못했다는 객관적 사실로부터 심한 스트레스를 받았다. 감정 기복은 여전했고 말없이 학교에 나오지 않는 날이 늘어나기 시작했다. 이제는 본격적으로 아이들의 취업을 준비해 나가야 한다는 그럴 듯한 명분 뒤에 숨었던 나도 어지간히 지쳤던지 병원에 함께 가는 날 외에는 수진이에게 개인적인 일을 묻는 일도 줄어갔다. 그러다가 수진이는 11월의 어느 날, 연기처럼 사라졌다. 학교에서도, 집에서도.

내 연락은 물론 부모님의 연락도, 친언니의 연락도 받지 않았다. 같은 반 친구들이 소나기처럼 수시로 보내두는 페이스북 메시지에만 아주 가끔 대답할 뿐이었다. 어디에 있는 건지, 수중에 돈이나 입을 옷은 있는 건지, 궁금한 것은 많았지만 돌아오는 정보는 없었다. 아이들이 자신에게

온 답장을 가지고 내게 이 녀석을 어떻게 해야 하는지 상의를 해 왔을 때 역시 내게는 수진이의 부모님에게 실종 신고를 권할 뿐 달리 뾰족한 방법은 없었다.

"학교 그냥 가기 싫고… 아 솔직히 한 게 없는데 앞으로 어떻게 해야 될지 막막하고. 집에서는 아아 기대하는 거 같고 모르겠어. 솔직히 학교 다니는 거 겁나고 다니기도 싫어"

"가출 신고당했어. 나는 가출하려고 한 게 아닌데, 맘 먹고 나왔으면 옷 다 챙기고 나올 텐데. 그래서 들어가고 싶어도 못가. 아빠도 상황이 안 좋대."

이제는 내 전화에 이골이 났을 법한 수진이 어머니는 수진이가 친구들에게 이렇게 보낸 메시지를 보시고도 찾고는 있는데 경찰도 못 찾고 있으니 부모로서도 어쩔 도리가 없다는 말을 되풀이할 뿐이었다. 나갈 때 나갔더라도 어디에서 뭘 하면서 살 건지 계획이라도 세워뒀길 바라는 데까지 이르렀다. 은행 대출이 그러하듯 걱정에도 한도가 있는지 그와 나를 잇고 있던 어떤 끈이 결국은 끊어지는 느낌이 들었다. 아무런 보장도 약속도 없으면서 그저 막연하게 고등학교 졸업을 해야 한다는 그 명분만 붙들고 있을 순 없었다.

오히려 학교에 머무는 것이 그 아이를 더 힘들고 아프게 한 다면 학교 밖으로 보내주는 것이 그에게는 더 도움이 될 것이다. 나는 내가 해 줄 수 있는 마지막 일을 실행으로 옮겼다. 학교에서는 학생이 무단으로 일정 기간 이상 학교에 나오지 않으면 징계를 줄 수 있다. 교내봉사, 사회봉사, 특별교육 이수, 출석정지 그리고 퇴학의 순서다. 경찰에 잡혀들어가거나 선생님의 죽빵을 열 대쯤 때리는 흉악한 짓이 아니라면 전 단계를 한 번에 뛰어넘어 퇴학을 시킬 순 없기 때문에 학생선도위원회를 열어 교내봉사부터 차근차근 단계를 밟기로 했다. 그리고 나는 그 절차를 진행하는 학생부장이었다. 수진이가 만약 선도위원회의 결과가 나올 때까지 계속 학교에 나오지 않으면 조치 결과를 이행하지 않는 것이 되므로 그것은 다시 상위 징계를 부여할 수 있는 근거가 된다. 아마도, 그렇게 될 것이었다.

선도위원회가 열린다는 통지서가 등기로 수진이네 집에 보내졌다. 아이와 얼굴도 못 보고 있는 상황에서 그런 서류가 무슨 의미가 있었겠는가마는, 어머니는 첫 번째 교내봉사를 이행하지 않아서 두 번째 선도위원회가 열린다는 통지서를 받을 즈음 나와 같은 생각을 하시게 된 것 같았다.

학교에 억지로 계속 적을 두게 하는 것이 무의미한지도 모르겠다고. 아무리 새엄마라고는 하지만 갓난아이일 때부터 자기 딸로 알고 가슴으로 키운 자식이 그렇게도 지독시리 내 뜻대로 되지 않는 존재라는 허망한 깨달음을.

학교를 그만두는 게 차라리 좋겠다고 말씀하시는 어머니에게 내가 해드릴 수 있는 마지막 배려는, 혹시나, 정말 만에 하나 학교로 다시 돌아올 마음이 생기면 그리할 수 있도록 퇴학 대신 자퇴를 권하는 일이었고, 자퇴원서에 친권자의 확인을 받기 위해 학교로 오시라고 하는 대신 내가 그 댁에 직접 찾아가 도장을 받아오는 일이었다. 처음으로 수진이의 어머니와 마주 앉은 그 댁의 마룻바닥으로 늦은 오후의 햇살이 비쳐 들어오며 거실이 어둠에 삼켜지는 것을 힘겹게 밀어내고 있었다. 내게 미안해하는 듯도, 생의 괴로움을 느끼는 것도 귀찮아진 듯한 수진이의 어머니에게서는 술 냄새가 났다. 어머니의 지난 삶의 회한이, 지금 짊어지고 살아가는 생의 신산함이, 거실 밖으로 밀려나고 있는 힘없는 햇빛 같은 희망 없는 삶에 대한 체념이 술 냄새와 함께 내게 불쑥 밀려들었다. 어머니의 도장이 찍힌 문서를 교무부에 제출하고 나자 이제 수진이는 내 핸드폰 속에 저장된 사진과 전화

번호로만 남았지만, 미친 바람 속 섞여드는 몇 알의 모래처럼 건너건너 어렴풋이 들려오는 수진이의 소식은 여전히 마음을 따갑게 했다. 충북 어딘가에 살고 있다더라. 연상의 남자와 동거하고 있다더라. 다시 임신했다더라. 그리고 이번엔 낳는다더라.

선택을 한 것인지 도망을 친 것인지 구분하기 힘든 그 아이의 삶에 조금 더 함께하지 못한 마음속 흔적은 하루가 다르게 커가는 내 딸아이를 보며 매일매일 새롭다. 임신한 청소년들에 대한 인식이 많이 부드러워져서 청소년이 아이를 낳아도 국가에서 지낼 수 있는 시설도 제공해 주고 학업도 이어갈 수 있도록 도와주는 부분이 있다고 한다. 아마도 수진이가 아이를 낳겠다고 했으면 그런 방법을 백방으로 함께 찾았을 것 같다. 하지만 아이는 가난을 대물림하고 싶지 않다고 했다. 그 가난을 끊으려고 특성화 고등학교에 와서 일찍이 돈벌이를 시작하려 했지만, 수진이는 경쟁에서 살아남지 못했다. 그 경쟁은, 수진이에게 경쟁에서 뒤떨어진 사람이라는 패배감, 친구보다 못하다는 열등감, 결국 나의 삶도 부모의 그것이 되풀이될 거라는 불안감을 넘치도록 채워주었다. 내가 수진이와 함께 하고자 했던 학교라는 공간은 그렇게나 무섭고 견디기 힘든 공간이었다는 것을 수진이가 끝모르고 달리는 열차에서 뛰어내리고 나서야 글자가 아닌 촉감으로 느끼고 말았다.

기깔나는 아이템을 만들어서 내 회사를 차리고 그걸로 부모님 집도 사드리고 언니 해외여행도 보내주고 자기는 멋진 남자와 끝내주는 사랑을 할 거라던 수진아. 어디에서든 언제든 그저 잘, 살고, 있기를 바란다. 끝까지 함께 걸어주지 못한 이 선생님은, 잘 살았으면 좋겠다는 말에 무슨 말을 더 붙일 수가 없구나.

# 뱃사공이 널 떠난 이유

아이들이 3학년이 되면서 본격적으로 취업의 관문을 뚫기 위한 전쟁이 시작되었다. 2년 동안 준비해 온 것들을 모두 쏟아부어야 했다. 상업계 학생들이 취업을 희망하는 곳은 대개 첫 번째, 은행을 비롯한 금융기관의 창구 직원(흔히 '텔러'라고 부른다.), 두 번째, 공기업이나 공공기관의 고졸 사무직 채용 전형이고 이도 저도 잘 안 풀릴 경우 세 번째, 그냥 전공과 관계없이 뽑아주는 곳으로 지원하기도 한다. 첫 번째와 두 번째가 이 학교에 아이들을 보낸 부모들의 바람이자 아이들의 희망사항이었고, 자신의 성적이나 지금까지 취득한 자격증, 어학 실력 같은 것들과는 관계없이 적어도 1학기에는 세 번째 선택은 고려사항이 아니었다. 아! 남학생들에게는 한 가지 선택지가 더 있었다. 일단 입대해서 병역부터 해결하는 것.

88관광개발(1), IBK체험형 인턴(12), KDB 산업은행(1), KEB하나은행(1), KTis(2), LH주택관리공사(1), SP반도체통신(1), 건강보험관리공단(4), 건설근로자공제회(4), 교보증권(1), 교원그룹(1), 교통안전공단(1), 국민건강보험공단 체험형 인턴(2), 국민연금공단(1), 국민은행(5), 근로복지공단(7), 노루페인트(1), 녹십자(1), 롯데손해보험(2), 롯데캐피탈(1), 벨라스톤 CC(2), 사회보장정보원(3), 삼성증권(1), 삼성화재(8), 신한은행(2), 안전보건공단(2), 예금보험공사(1), 우리은행(1), 우체국금융개발원(1), 지역신용협동조합(2), 주택금융공사(1), 주택도시보증공사(7), 한국농어촌식품유통공사(2), 한국발명진흥회(1), 한국은행(1), 한국자산관리공사(11), 한국전기안전공사(1), 한국전력공사(8), 한국지역난방공사(2), 한국철도공사(1), 한화저축은행(1), 홈플러스(4)

위에 나열한 이름들은 1년 동안 24명의 우리 반 아이들이 한 번이라도 지원서를 넣은 기관의 것들이다. 괄호 안의 숫자는 그 기관에 지원한 사람의 숫자다. 이름만 들어도 알 만한 기관도 있지만 생전 처음 보는 기관들의 채용 정보는 아이들이 선생인 나보다 더 잘 찾아서 지원 전형을 다시 내게 들이밀었다. 기업 공채는 고졸이라고 해서 절차가 크게 다르지 않다. 지원서와 고등학교 생활기록부, 자기소개서를 심사하고 거길 통과하면 면접이나 필기시험을 봐서 채용 여부를 결정한다.

인문계 아이들이 대학에 원서를 넣을 때 쓰는 자기소개서는 전국 모든 대학이 공통이다. 그래서 같은 학교나, 다른 학교더라도 지원하는 전공 분야가 비슷하면 참고할 만한 자료가 많다. 그러나 위의 기관들은 자기소개서 문항에서 지원동기, 입사 후 포부 같은 비슷한 단어를 사용할지라도 기관이 존재하는 이유, 추구하는 목적, 활동의 특성이 모두 다르기 때문에 사실상 기관의 수만큼 다른 종류의 자기소개서와 면접을 준비했다고 보면 된다.

아이들이 전공 공부들은 나름대로 열심히들 해 왔지만 글 쓰는 연습은 상대적으로 많이 하지 못했기 때문에, 심사위원의 심금을 울릴 만한 명문까지는 아니더라도 의미가 명확하게 전달될 정도로 첨삭하는 데만도 상당한 시간이 소요되었다. 보통 담임 선생님이 그 일을 하지만, 너무 양이 많으면 그 학교의 국어 선생님께 도움을 받기도 하는데 그들의 담임 선생님이자 우리 학교에 있는 단 한 명의 국어 선생님이 바로 나였다.

총 43개의 기관에 지원한 연인원 114명. 보통 한글 문서로 한 편의 자소서가 2매에서 3매가량 된다. 한 명의 자소서를 완성하게 되기까지 생활기록부를 보면서 틀을 잡고, 초안을 작성하도록 하고, 내가 수정의 방향을 일러주고, 다시 수정하는 과정을 보통 다섯 번 정도 거친다. 그럼 보수적으로 계산해도 다음과 같은 식을 쓸 수 있다.

114명 x 5회 x 2매 = 1,140매

한 편을 읽고 첨삭하는데 못해도 한 시간씩은 걸리니까 1,140시간은 걸렸다는 것이고, 하루 근무 시간을 8시간이라고 하면 자소서 첨삭에만 142.5일이 걸린 셈이다. 한해 그 학년의 수업 일수가 보통 190일을 좀 넘긴다. 재학생뿐만 아니라 취업에 실패하고 졸업한 아이들의 간절함을 차마 외면할 수 없어서 주말엔 그 친구들 것을 첨삭해 주었다. 나중에는 요령이 붙어서 편당 첨삭 시간이 조금 줄기는 했지만, 그 윤문의 작업보다 힘든 것은 전형에 통과하지 못하는 아이들의 마음까지 함께 느끼게 된다는 점이었다. 그 좌절을 나도 아이들도 반복하지 않게끔 하려 미친 듯이 첨삭에 매달렸다.

그럼 142.5일을 뺀 나머지 시간엔 무엇을 했을까. 나는 교사다. 지금도 그렇고 그때도 그랬다. 교사에게 가장 중요한 일은 수업이다. 학교에 국어 선생이 나 하나이므로 1학년 국어, 2학년 문학을 동시에 가르쳐야 했다. 우리말글을 가르치고, 그것을 통해 삶을 이해하도록 하는 그 위대한 과목 수업을 소홀히 할 수 없으니 수업 준비를 나름대로 열심히 하는 것은 교사로서 당연히 해야만 하는 일인데.

"이 부장님. 혹시 한문교육과 복수전공이나 부전공했어요?"

"아뇨."

"그럼 혹시 학교 들어오기 전이든 후든 한문 가르쳐 본 적 있어요?"

"예 뭐 사촌 동생들한테 몇 글자……"

"한자 급수 자격증 뭐 그런 거 있죠?"

"크으! 그걸 또 교무부장님께서 어떻게 아시고. 제가 또 국어 가르치는데 한문 모르면 되겠습니까. 2급 있습니다. 2급."

"역시 내가 사람을 잘 봤어. 이 부장님이 올해 3학년 한문 과목 좀 맡아줘요. 도저히 다른 학교에서 겸임을 받아 올 수가 없네."

"……"

3학년에 한문 과목이 편성되어 있는데 우리 학교엔 한문 선생님이 없고 근처 학교에서 겸임으로 나오실 만한 분도 없어서 그냥 내가 가르치게 되었다. 학교에서는 이것을 '상치'과목이라고 한다.

미친 것. 그냥 모른다고 할 것이지.

E-NIE 운영, PAPS 입력, 건강한 체중관리 사업, 공공기관 체험학습 현장지도, 교과서 선정, 수업, 학교주관 교복구매, 담임 업무, 도서관 운영위원회, 독서토론, 미세먼지 저감업무, 방과후학교 수업, 방학 중 생활지도, 보건업무, 학생 봉사활동 운영, 마을 신문 원고 작성 협조, 상담 관련 업무, 성폭력 성희롱 예방교육, 도박 예

방교육, 가정폭력 예방교육, 장애 이해 교육, 아동학대 예방교육, 스포츠 클럽대회 참가, 심폐소생술 교육, 학교안전사고 예방활동, 재난대피 훈련 진행, 양성평등교육, 위기관리위원회 운영, 자살예방교육, 장학생 추천 업무, 졸업앨범 제작, 정규 동아리 및 자율동아리 운영 지도, 교내 청소구역 배정 및 운영, 체육대회, 해외 수학여행 계획 수립 및 진행, 학생 포상 업무, 학교 생활 규정 운영, 학교전담경찰관 활동 협조, 학교폭력예방교육, 학교폭력대책자치위원회 운영, 학부모회 운영 협조, 학생선도위원회 운영, 학생자치회 운영, 학생정서 행동특성검사 실시 및 후속조치, 학교 축제 계획 수립 및 운영, 흡연음주 예방 교육 및 활동, 학교 신입생 모집 및 입학홍보 자료 제작, 독도교육주간 운영, 학생부 예산 운용, 다면평가위원 활동, 인사자문위원 활동.

학교 전체에서 하는 일의 목록이 아니라, 2017년 한 해 동안 학생안전부에서 내가 총괄해야 하는 업무를 정리한 폴더의 명칭을 나열한 것이다. 물이 새는 탄광에서는 간혹 물과 석탄이 죽처럼 섞였다고 해서 '죽탄'으로 불리는 것에 광부들이 매몰돼 숨지는 사고가 발생한다.

당연히 해야 하는 일들과, 그 사이사이에 교사가 해야 하는 업무인지 아닌지 고민할 기력조차 잃은 일들. 어쩌면 실제로 일어나지 않을 일이면서 오직 문서로만 존재하는 그런 일들. '학교 안전사고 예방'이라는 폴더명 대신 '직박구리', '개똥지빠귀'로 써도 하등의 문제가 없을 그런 일들. 그 업무 죽탄 앞에서는 도망치겠다는 마음조차 사라지고 그저 숨이라도 머금기 위해 팔짱을 끼고 몸을 웅크려야 할 뿐이었다.

자소서와 수업과 업무. 그리고 집에 오면 세 살배기 딸과 그해 1월에 태어난 갓난쟁이 아들, 그리고 아는 이 하나 없는 타지에서 홀로 그 두 아이를 돌보고 있는 아내. 담임으로서의 의무감과 국어교사로서의 사명감과 아빠와 남편으로서의 책임감이 한바탕 격전을 치르고 나면 어느새 하루가 다 저문 시간. 그 시간에 밀린 첨삭과 업무를 처리해야만 다시 밝아올 날, 그날의 것들과 맞닥뜨릴 수 있었다. 늘어나는 음주량에 비례해 체중이 함께 늘어 0.1톤을 웃돌게 되었다. 물을 받아놓은 욕조의 마개를 빼면 처음엔 소리 없이 물이 빠지다가, 얼마 남지 않았을 땐 꾸루웨엑 하는 소리와 함께 소용돌이친다. 딱 그때가 그랬다. 내 몸속 깊은 곳에 있는 에너지들까지 모두 빨려 먹히는 느낌. 눈에 띄게 몸과 마음이 지쳐갔다. 2학기가 중반을 넘길 때쯤 껌껌한 교무실에서 자소서를 첨삭하고 있으면 아무것도 하지 않았는데 눈물이 주룩 흐를 때도 있었다. 소진, 번아웃이었다.

아무도 없는 곳, 내가 드러나지 않는 곳, 아무 존재감이 없이 출근 시간에 나가서 퇴근 시간에 넉넉히 돌아올 수 있는 곳, 빽빽하게 자란 새파란 잔디밭 속에서 찾으려야 찾을 수 없는 잔디 한 가닥으로 살 수 있는 곳으로 도망치고 싶었다. 도망. 그 단어가 자꾸 발에 채었다. 이러기도 저러기도 힘든 그 벼랑에서 15년 전에 들었던 노(老)교수님의 말씀을 떠올렸다.

"졸업생들이 찾아올 것을 기대하지 마십시오. 졸업하면 그것으로 이별입니다. 교사는, 뱃사공이기 때문입니다. 인생에서든, 진리에서든 교사는 학생을 차안(此岸)에서 피안(彼岸)으로 건네주는 뱃사공이라는 것을 꼭 기억하십시오."

내가 대학교 1학년 1학기를 마칠 때 정년을 맞으신 교수님께 직접 수업을 들어본 적도 없는데 왜 이 말씀이 기억났을까 상상해 보면, 아마 내가 살고 싶어서 그랬던가 보다 싶을 뿐이다. 그래. 교사는 뱃사공이다. 이것은 도망치는 것이 아니다. 나는 그 아이들이 원하는 목적지까지 함께 갔다. 그리고 그곳에 내려다 주었다. 그곳에서 그들과 앞으로 길을 함께 떠나는 것은 뱃사공의 일이 아니다. 나는 다른 길손을 태우기 위해 다시 차안으로 돌아가야 한다. 그들과 이별하고 말이다. 그렇게 생각한다면, 3년 동안 그 개고생을 하고도 200만 원 중반도 안 되는 월급을 받는 내 앞에서 아직 졸업도 안 한 19살짜리 공기업 신입사원이 초봉 6천만 원을 넘게 받는 모습을 보고 배 아파하지 않아도 되고, 취업에 성공한 후 고맙다는 말 한마디 없이 지긋지긋했던 학교 생활이었다며 뒤도 돌아보지 않고 떠나는 아이들의 뒷모습에서 섭섭함을 느끼지 않아도 괜찮은 것이었다.

서서히, 나는 속으로 혼자서. 3년 동안 함께 했던 아이들을 하나씩, 하나씩 건너편 언덕에 내려주고 혹여나 물에 젖을까 잡아주었던 손을 놓고 있었다. 홀로 해온 이별 연습 뒤에 맞은 아이들의 졸업은 그저, 후련한 마음이었다. 아마 더 태워줄 열정도, 못다 푼 감정의 응어리도 이제는 더 남아 있지 않아서 눈물이 될 연료가 없었기 때문일 것이다. 이별의 순간 만난 뜻하지 않은 행운 한 가지는, 이 학교가 지역에서 가장 외진 곳, 그러니까 집에서 차로 한 시간 가까이 이동해야 하는 지역에 있었으므로 연달아 3년을 근무하면 지역 내 어느 학교든 본인이 원하는 곳을 골라서 갈 수 있다는 점이었다. 뜨거운 추진력을 얻을 땔감 없이 터벅터벅 걸어서 가야 할 나의 다음 행선지는 지역에서 학생 수가 가장 많은 지역 명문 여고였다.

# 3부

선생이라는
이름의
친구

# 세잎 클로버, 행복이 세 장

전공이 국어임에도 불구하고, 첫 발령부터 특성화 고등학교에만 근무하다가 교직 8년 차가 되어서야 처음으로 인문계 고등학교에서 근무하게 되었다. 그것도 지역에서 명문으로 꼽히는 여자고등학교라 수업뿐만 아니라 학생들과의 관계에 대한 막연한 두려움을 안고 부임했다. 하지만 예상외로 따뜻한 환대를 보내 주는 아이들 덕분에 무사히 적응했다고 느끼며 첫 계절을 보냈다.

조금 신이 났던 건지 긴장이 풀렸던 건지 장마철에 수업을 지루해 하는 아이들에게 무서운 이야기를 하나 해줄까 말까 밀당을 하던 어느 수업 시간이었다. 이유는 잘 모르

겠지만 여고생들은 유난히도 공포스러운 이야기들을 좋아
한다. 특히 장마철이거나 구름이 많이 껴서 어두침침한 날
쉬는 시간에 복도를 지나가다 보면 몇몇 아이들이 빔프로젝
터로 교실 앞 스크린에 무서운 이야기 영상을 틀어놓고 있
는 모습이 심심찮게 보인다.

"오늘 날도 꾸리꾸리하니 무서운 얘기가 딱인데 말야."

"오, 쌤! 무서운 얘기 하나만 해 주세요!"

이런 호응이 나오면 없던 마음도 생긴다. 내가 뭔가 대
단한 사람이 된 것만 같다. 하지만 바로 들어주면 재미가 없
다.

"하아, 진도가 급한데……"

서로의 속내를 알면서도 학생들은 선생님의 체면을 적
당히 세워주고, 선생님은 수업을 잘라먹을 적절한 명분을
마련하는 밀당의 시간이다. 이제 아이들이 한 번만 더 조르
면 못 이긴 척 옛 경험담을 풀어줄 참이었다. 그런데 그 암
묵적 합의의 틀을 부숴버리는 차가운 목소리가 날아들었다.

"쌤 그냥 진도나 나가요."

"응?"

"다른 얘기 하지 말고 진도나 나가시라고요."

"어… 어, 그래."

당황스러운 마음에 내가 마치 귀신에게 쫓기는 괴담의 주인공이라도 된 양 등에 땀을 줄줄줄 흘리며 겨우 수업을 마치고 나왔다. 무안을 당한 것 같은 마음에 어깨가 축 처진 채로 복도를 걷는데 다른 반에서 내 수업을 듣는 수빈이라는 아이가 내게 먼저 말을 걸어 왔다.

"쌤~ 표정이 왜 그러세요? 무슨 일 있으셨어요?"

마치 기다렸다는 듯이 좀 전에 어떤 반에서 '마상(마음의 상처)'을 받았다며 친구에게 이야기하듯 주절주절 사연을 이야기하다 수업 종이 울린 후에야 우리는 각자의 교실로 향했다. 여느 교사들이 그러하듯 다음 수업 준비와 짬짬이 밀려드는 업무를 처리하느라 좀전의 일을 까맣게 잊고 있었는데 5교시가 시작되기 직전 노크 소리와 함께 수빈이가 교무실 문을 빼꼼 열었다.

"쌤~ 드릴 게 있어요."

수빈이가 내민 작은 포스트잇에는 점심시간 내내 학교 화단을 뒤져 찾은 세잎 클로버 세 장과, '쌤! 제가 가진 행복이 3개 다 드릴게요. 마상 안녕~ 우울 안녕~ 좋은 하루 되세요^^'라는 문구가 적혀 있었다. 상처받아 쪼그라들어 있던 내 마음이 벌떡 일어서는 걸 느꼈다. 이 작은 위로의 말이 한 사람의 마음에 얼마나 큰 영향을 주는지를 선물처럼 느끼게 된 순간이었다.

　그날 이후부터 학교에서 아이들에게 내가 받았던 것과 같은 위로와 격려를 돌려주고자 노력했다. 아침에 학교 안에 카페를 열어 따뜻한 코코아와 간식을 주며 사랑한다고 말해 주고, 성석제의 수필을 공부하는 시간에는 라면 국물을 들고 가 교실에서 나눠 마시며 저마다의 추억과 감상을 나눠 보기도 했다. 때로는 오해와 상처도 받았지만 학교 오는 게 재미있어졌다는 말과 조금씩 밝아지는 아이들의 표정을 보며 교사로 살아가는 일의 보람을 느껴왔다. 학교급마다, 학교의 형태마다 저마다 느끼는 바가 다르겠지만 요즘 아이들은 살아가는 게 참 힘들다. 수행평가, 내신 성적, 수능 최저등급, 학생부 종합전형, 교과세특…… 인문계 고등학교에서는 '경쟁'이라는 한 단어에 아이들이 해내야 할 그 많은 것들을 욱여넣는 것이 선생으로서 미안할 정도다. 그럴 때일수록, 괜찮다고, 너는 소중한 사람이라고 너는 네 삶을 충분히 잘 살아내고 있다고 말해 주는 어른이 더 많이 필요하다.

　내가, 내가 여고에서 만난 아이들에게 단 한 번이라도

따뜻하고 다정한 사람이었다면, 아파 보이는 아이에게 먼저 말 걸고 손 내밀 줄 아는 용기 있는 선생이었다면, 그 출발점은 분명히 저 행복이 셋을 만난 순간이었을 것이다.

## 안전 교육은
## 드웨인 존슨과 함께

세월호 참사 이후 학교 현장에서는 안전교육이 많이 늘었다. 초등학생들은 생존 수영을 배우게 되었고, 전국 모든 학교에서는 이른바 7대 안전 영역이라는 것을 중심으로 연간 51시간 이상씩 각종 안전 교육을 의무적으로 실시하도록 제도가 갖추어졌다. 혹시나 이렇게 말만 하면 실제로는 안 할까 봐 매년 공식적인 문서로도 남기고 정기적으로 추진 실적도 상급 기관에 제출한다. 51시간이라는 게 사실 어마어마한 양인 것이, 하루 수업이 8시간인데 저것만 해도 꼬박 일주일하고도 이틀이 더 걸리는 분량이다. 한 학기를 보통 17주로 잡는데 그중에 일주일 반을 안전교육에 할애해야 한다면 그 양이 좀 더 실감이 날까.

거기에 생활안전, 교통안전, 폭력 및 신변안전, 약물사이버 중독, 재난안전, 응급처치라는 영역마다 이수해야 하는 시간이 다르다. 수업하기도 시간이 모자라는데 대체 이걸 어떻게 다하냐고 ―법정 의무 교육이 이것만 있는 게 아니니까. 학생부에서 관여하는 것들만 해도 장애 이해, 학교폭력 예방, 다문화, 자살예방, 가정폭력예방, 아동학대예방, 성희롱, 성매매, 성폭력 예방, 도박 예방― 현장에서 볼멘 소리들을 하는 게 저 위까지 들렸는지 이젠 따로 시간을 내지 말고 수업 시간을 할애해서라도 하라고 한다.

모든 선생님들이 안전 분야의 전문가도 아니고 말로만 안전 교육을 하기도 어려운데 어떻게 하라는 건지에 대한 불만 역시 저 위에 전해졌는지 교육자료들을 모아놓은 '학교안전정보센터'(https://www.schOOlsafe.kr/)라는 사이트도 생겼다. 안전 영역과 학교급, 과목, 영역, 성취기준에 따라 필요한 자료들을 검색할 수 있게 되어 있지만 동영상들은 오래된 것이 많고 입맛에 딱 맞는 자료를 구하기도 쉽지 않다.

예를 들어, 2022년 4월 19일 현재 이 사이트의 안전 교육 자료실에서 '약물 및 사이버중독 예방 교육 – 고등학교(학교급) - 제작기관(전체) - 자료유형(VIDEO)'에 따른 전체 자료를 검색하면 동영상 자료 6개와 경찰청에서 제작한 표준 강의안이 하나 검색된다. 동영상 다섯 개는 길이가 3분대, 하나는 13분대다. 교육 대상이 초등학생이거나 중고등학생이라는 사실을 무시하고 모든 영상을 다 재생해도 25분 남짓이다. 해당 분야에 배경 지식이나 경험이 없는 선생님이 혼자 이런 자료들을 가지고 한 시간을 다 채우기란 결코 쉽지 않다. 거기에다가 이 궁색한 자료들을 가지고 특정 과목 수업 시간에 안전교육을 해 달라고 아쉬운 소릴 해야 하는 것은 순전히 그해 운 나쁘게 안전교육 업무를 맡은 선생님이거나 학생부장이다. 아! 부서의 이름도 바뀌었다. 이제 학생부는 없다. 학생'안전'부거나 생활'안전'부가 있을 따름이다.

　　그래도 이 중에서 가장 필요하고 현실적이어야 하는 것 중 하나가 화재대피훈련, 지진대피훈련이다. 이 재난들이 발생하면 한순간에도 생명에 위협을 받게 되므로 평소에 최대한 대처요령을 숙달시켜 놓는 것이 필요하기 때문이다. 보통은, 상황이 일어났다고 가정하고 수업 중에 사이렌을 울리면 저마다 지정된 방향으로 대피해서 지정된 장소로 모이게끔 한다. 수업 시간 한 시간이 통째로 할애되었다면 전교생을 한 장소에 모아놓고 학생부장이 일장 훈시를 하게 된다. 담임 교사일 때 바라본 이 훈련들은 '이걸 왜 하나' 싶게 느슨한 것이었다. 움직이기 싫어하는 아이들을 어르고 달래서 밖으로 끌어내면 아이들은 불이 어디서 났는지도 모르니 그냥 내키는 방향으로 어슬렁거리며 운동장으로 나간다. 억지로 나왔지만 형광등 불빛(요즘은 거의 LED등이지만) 아래 있다가 따스한 햇볕 아래 친구들이랑 바깥 바람을 쐬고 있으니 얼마나 즐겁나. 앞에서 누가 마이크를 잡고 뭐라고 하건 간에 서로의 근황을 묻고 방과 후의 스케줄을 맞추느라 바쁘다.

군대 문화를 싫어하지만 안전교육 담당자가 되어서 대피 훈련을 진행하려고 보니 계속 맴도는 말이 '훈련은 실전처럼, 실전은 훈련처럼'이었다. 일단 각 교실의 앞문과 뒷문에 큼지막한 화살표로 일이 벌어졌을 때의 이동 방향을 붙였다. 출입구까지 최대한 빨리 이동할 수 있는 방향으로 설정을 하고 활자 없이 아이들 얼굴 크기만 한 빨간색 화살표로 표시했다. 다음은 실제 상황에 가까운 훈련 환경의 조성. 행정실과 협조해서 연기가 피어오르는 캔을 준비해 건물 측면 1층 현관에서 터뜨리고는 사이렌을 울린다. 연기가 눈에 보이니 훈련인 걸 알면서도 아이들의 얼굴에는 긴장감이 스며있는 것이 보인다. 천 명에 달하는 학생들이 한꺼번에 밖으로 밀려 나오니 순간 혼란이 인다. 하지만 아이들의 긴장감은 선생님들이 일일이 지도하지 않아도 스스로 넘어져 다치지 않을 만큼 서로에게 '천천히!', '차례차례'라는 말을 주고받게 한다.

원래는 지정된 대피 공간이 넓은 운동장이지만, 그날은 또 미세먼지가 매우나쁨인 날이라 운동장으로 '대피했다고 치고' 학교 강당으로 모였다. 그곳에서 아이들을 기다리고 있는 것은 지진이나 화재가 일어난 상황에서도 밝고 명랑한 음악과 함께 애니메이션 캐릭터들이 차분하게 대피하는 교육용 동영상이 아니다. 단층으로 인해 발생한 지진 때문에 도시가 무너져 내리는 와중에 건물 옥상에 맨손으로 매달린 드웨인 존슨이었다. 백날 말로 듣고 상상하는 것보다 눈으로 상황을 보고 몸으로 직접 해 보는 것이 숙달에 훨씬 좋다. 화재야 연기와 약간의 불로 상황을 비슷하게 꾸려나갈 순 있어도 지진은 건물을 흔들어댈 수가 없으니 선택한 차선책으로 영화 〈샌 안드레아스〉의 일부 장면을 편집

해서 틀어놓은 것이다. 덕분에 아이들은 서로의 근황을 묻는 대신 주인공의 위기 상황에 '오~ 아오. 꺄아악' 하고 놀라며 금세 영화에 몰입한다. 미처 대피하지 못한 주인공의 가족과 그 머리 위로 천장이 무너져내리는 찰나 그들은 사무실 책상 밑으로 기어들어갔고, 영화가 멈추며 소방관 복장을 입은 사람이 마이크를 들고 강당 무대로 등장한다.

"자, 여러분. 교실에서 지진이 났어요. 그럼 여러분들은 어떻게 해야 할까요?"

"와! 쌤!! 옷이 작아요!!!"

체형 평가를 슬쩍 무시하고, 앞의 화면에 정답이 나와 있는 짜고 치는 문답으로 이어간다.

"책상 밑으로 들어가요!"

"그다음에는요?"

영상을 다시 재생시킨다. 흔들림이 잠시 멈추자 영화 속 주인공들은 부리나케 건물 밖으로 뛰어 나간다.

"흔들림이 멈추면 나가요!"

"그래요. 잘 알았습니다. 그럼 이것으로 재난 대피 훈련을 마칩니다. 각자 교실로 돌아가세요."

웅성거림이 커진다. 벌써 끝났다고? 아직 수업 시간이

많이 남았는데? 그리고 저 사람은 낯이 익은데? 그제야 방화복을 입고 부캐로 등장했던 내가 다시 말을 꺼낸다.

"왜왜. 지진 났을 때 어떻게 하는지 다 봤고 너희들 입으로 말했잖아. 그럼 된 거 아니냐? 그리고 불났을 때 아까처럼 느릿느릿 나오면 연기에 다 죽는 거야. 3학년 1반! 너희 교실은 대피 방향이 어느 쪽이야?"

이렇게 반별로 재난 발생 시 대피 방향을 다시 한 번 확인하고 입으로 말하게 한다. 이 정도면, 바쁜 소방관 아저씨들 학교로 모셔서 학생 대표 한 명 불러내서 소화기로 불 끄는 시범 보여주는 것보다 훨씬 유익한 활동이라고 생각했다. 방화복은 실제 소방관으로 일하고 계시는 당시 학생부장님의 친조카분께 빌렸는데 체구가 달라서 상의는 겨우 껴입었지만 하의는 작아서 결국 입지 못했던 것은 비밀, 그 옷이 인연이 되어서 소방관님의 결혼식 사회까지 봐 준 것은 안 비밀.

가장 중요하고 필수적인 것을 함께 되새긴 후 각자의 교실로 돌아가는 뒤통수에 이선희의 '그중에 그대를 만나'를 뮤직비디오로 틀어준다. 강당은 천 명이 떼창을 하는 거대한 노래방으로 바뀌고 후렴 떼창의 볼륨에 스스로 놀란 아이들의 웃음소리도 걸음걸음 흩어진다.

올해 1월에 하달된 도교육청의 학교안전사고 예방 계획은 총 46페이지, 그 계획을 바탕으로 각급 학교에서 실정에 맞게 작성, 심의, 제출해야 하는 계획의 '예시안'은 63페이지다. 과연, 이 계획서는 아이들의 실제 안전에 몇 마디 말로 전해질 수 있을까. 모든 것을 다 하라는 말은, 아무것도 하지 말라는 말과 같다. 그것은 다시, '가만히 있으라'는 말로 들리는 것은 우연한 착시일 뿐일까.

## 4.12 급식대란

자연인으로서의 나는 생선을 참 좋아한다. 날로 먹어도 구워 먹어도 졸여 먹어도 쪄 먹어도 맛있다. 소주랑 안주로 함께 먹어도 좋고 밥반찬으로 먹어도 좋다. 철마다 가장 맛있는 생선이 다르니 일부러 찾아다니며 먹는 것도 즐겁다. 하지만 학생부장으로서의 나는 생선이 싫다. 정확히는, 급식에 나오는 생선이 싫다. 조금 더 자세히 말하자면 급식에 나오는 고춧가루를 넣고 무와 함께 졸인 토막 생선조림이 싫다.

학교폭력 예방을 위한 연수 때문에 출장을 가 있던 어느 나른한 봄날이었다. 모처럼 미세먼지도 없는 쾌청하고 따뜻한 날이라 출장이 아니라 소풍을 나간 듯했다. 연수가 곧 시작될 즈음이었지만 최선을 다해서 시간에 맞춰 늦게 들어가려고 커피를 한 잔 손에 든 채 봄볕의 온탕에 몸을 담그던 참이었다. 잠잠하던 전화기가 갑자기 윙윙거리기 시작했다. 전화가 왔다는 진동이 아니라 메시지가 연속으로 수신되었다는 울림이었다.

당시 근무하던 학교의 급식소는 5층이었다. 지금이야 주변에 들어선 아파트 단지가 시야를 다 가려버리고 말았지만 원래 건축가의 의도는 밥을 먹으면서 창밖으로 펼쳐진 국립공원의 풍경을 감상하라는 거였다고 한다. 대신 1년 내내 색이 바래지 않는 초록의 인조잔디가 깔린 운동장은 얼마든지 내려다볼 수 있었다. 메시지에는 바로 그 5층에서 그 운동장을 내려다본 평소와 다름없는 구도의 사진들이 여러 장 첨부되어 있었다. 다만, 급식소에 있어야 할 아이들이 운동장에 삼삼오오 둘러앉아 각종 배달음식을 나눠먹는 피사체로 찍혀 있었다는 게 달랐을 뿐.

파란 잔디밭에 적게는 두셋, 많게는 열 명 가까이 둘러앉아 짜장면, 짬뽕, 탕수육, 군만두, 로제떡볶이, 마라탕과 중국 당면, 토스트, 버블티, 과자, 핫도그, 샌드위치, 햄버거

등을 나눠 먹는 장면이 아주 장관이었다. 온 세상에 꽃을 피우는 햇살 속 에너지가 이 아이들의 젊음도 한껏 피워 내는 느낌이었다. '우와~ 아이들 정말 예쁘네요!'라고 답장을 입력하려던 손가락이 다음 메시지를 보곤 우뚝 멈췄다.

"학생부장님이 안 계시니까 애들 행동이 엉망이에요! 얼른 오셔서 지도 좀 해 주세요! 학교에서 밥을 공짜로 그냥 주니까 그냥 배들이 불렀다니까요."

불쑥 성질이 났다.

"사진을 찍고 있는 당신은 거기서 뭘 하고 있는데 지금 출장 나와 있는 나한테 이렇게 말하는 거요? 파파라치요? 애들 동의는 받고 사진 찍은 거요?"

라고 말하고 싶었지만, 그냥 '네'라고 짤막한 한 글자를 보냄으로써 당신의 밑도 끝도 없는 언행에 내가 지금 상당히 불쾌해졌다는 무언의 항의를 표하고 말았다. 다시 사진을 열어 운동장에 둘러앉은 아이들의 수효를 대강 세어보니 약 200여 명 남짓 되었다. 전교생 천 명 가운데 200명이 급식을 먹지 않고 자기들 용돈을 쪼개서 바깥밥을 사 먹는다는 건 무언가 문제가 있는 일이긴 하다 싶었다. 급식 어플을 열어서 메뉴를 살펴보니 과연 그럴 만했다. 밥, 김치, 나물, 국, 그리고 생선조림. 생선조림. 생선조림. 아이들의 표현을 빌자면 '메인 메뉴가 없었다.' 생선조림이라는 글자가 활어처럼 팔딱팔딱 뛰었다. 그 이후로 매일 아침 눈을 뜨면 제일 먼저 급식 어플을 켜서 메뉴를 확인한다. 생선이 없으면 기분 좋게 하루가 시작되지만 생선이 나오는 날이면 마음이 무겁다.

옛날 어떤 선출직 공무원이 무상급식이라는 어젠다와 자신의 임기를 교환했던 적도 있었지만, 전면 무상급식이 시행된 지금은 그것도 참 우스운 에피소드가 되었다. 그렇다. 요즘 아이들은 학교에 급식비라는 걸 내지 않는다. 내가 고등학교 때 엄마에게 급식비를 현찰로 받아서 친구들이랑 노는 데 홀랑 쓰고 난 뒤, 같은 반의 천사 같은 여학생들에게 밥을 최대한 많이 받아 밖으로 나오라고 해서 운동장 스탠드에 함께 앉아 도란도란 밥을 나눠 먹던 그 일은 이제는 일어날 수 없는 일이 되고 만 것이다. 엄마. 알고 계셨겠지만 늦게나마 죄송해요.

그러다 보니, 아이들은 자신의 몫으로 만들어진 음식에 어떠한 책임감도 갖지 않는 경우가 많다. 잔반이 많이 나와서 처리 비용이 많아지면 다시 급식에 투입되어야 할 예산이 줄어들고 맛있는 급식을 만드는데도 어려움이 커진다는 악순환을 설명해 줘도 쇠귀에 경읽기였다. 더구나 3월 한 달 내내 급식이 예전에 비해 맛이 없어졌다는 불만이 유령처럼 교내에 떠돌던 것이 이렇게 일거에 터져 나왔던 것이다. 이에 대해 학생들에게든, 동료 교사들에게든 학생부장으로서의 입장을 어떻게든 표명해야 했기에 나는 이날의 사건을 우선 '4.12. 급식대란'이라 명명하고 대책 마련에 들어갔다.

　　주말을 보내고 출근해서 일단 각각의 입장을 들어보기로 했다. 먼저 학생들은, '외부 음식을 들여와서는 안 된다.'는 규정이 있는 것을 뻔히 알지만 선생님들께 혼날 것을 각오하고라도 그렇게 한 것은 도저히 하루 중 가장 중요하고 성스러운 의식의 제물로서 생선조림과 나물, 김치의 조합은 너무했다는 주장을 폈다. 교사들의 입장은 두 종류로 갈렸다. 출장으로 자리를 비운 학생부장에게 사진 제보까지 했던 '아이들이 규칙을 지키지 않은 것은 혼이 나야 하고 급식을 잘 먹도록 더욱 강력하게 지도해야 한다.'는 입장이 첫 번째라면 '한 번쯤은 그럴 수도 있지 않느냐. 솔직히 성인인 나도 그날 급식은 별로였는데 아이들은 더 했을 것이다. 오히려 이렇게 날 좋을 때 아이들은 즐거운 추억 하나를 만들었을 것'이라고 주장하는 이들이 두 번째였다.

　나는 소크라테스가 아니기 때문에 '규칙은 규칙이다, 악법도 법이다.'라는 말을 싫어한다. 그래서 규정의 내용 자체든, 규정의 효용이나 존재 목적에 대해서든 내가 납득되지 않으면 다른 사람에게 강제하는 말과 행동을 쉽게 하지 못한다. 주로 앞서 말한 첫 번째 부류의 동료들은 나의 이런 태도를 '직무 유기'라고 이름 붙이곤 했다. 혹은 '인기 관리' 이거나. 솔직히 아이들에게 으르렁거리면서 급식소 입구에서 학급별로 출석 체크를 하고 담임 선생님들을 몰아붙이면 급식소로 대부분을 끌고 올 수 있다. 그러나 그것은 달라고 한 적도 없는 밥을 억지로 먹이는 것이니 아이들을 양육 혹은 교육하는 것이 아니라 사육하는 일이 된다. 학생이 천 명에 교직원도 백 명쯤 되니 규모로는 사육에 어울리지만.

　그래서 일단 으르렁거리는 건 접어두고 학생자치회에다가 급식에 바라는 점을 취합해서 간결하게 정리해 보도록 부탁했다. 그리고 교감 선생님과 영양사님, 행정실장님을 찾아가 만남의 자리를 만들기로 했다. 교칙은 외면하고 학생들 편만 든다는 학생부장의 발칙한 제안을 흔쾌히 받아주셨던 당시의 교장, 교감 선생님께 다시금 감사한 마음이 인다. 논의 결과와 조치 사항을 정리해서 전교생에게 알려줄 수 있도록 학교 신문 동아리 아이들도 참석시켰다.

'급식을 맛있게 만들자'는 지향점은 모두 같았지만 '단백질 공급원으로 생선 대신 육류의 비율을 늘리겠다', '간을 조금 더 세게 하겠다', '메인 메뉴급의 메뉴를 매 끼니에 꼭 들어가도록 하겠다(이것은 매끼 고기를 주겠다는 말과 동일하다.)', '급식소 입구에 학생 반응 게시판을 설치하고, 자치회에서는 급식소위원회를 구성해 지속적으로 영양사 선생님과 소통한다' 등과 같은 실제적인 방안을 도출했다. 그간 초등학교에서 주로 근무했기 때문에 고등학생들이 선호하는 급식에 대한 정보가 부족했다는 영양사님의 용기있는 고백과 개선에 대한 약속을 학교 신문 형식의 전단지에 담아 전교생에게 전했다. 그렇게 4.12. 급식대란은 일단락되었고 급식소 입구에 있는 의견 게시판에는 조금씩 긍정적인 반응들이 얼굴을 보이기 시작했다.

살아간다는 것이 언제나 마음에 들 수만은 없어서 누구나 가슴속에 불만 몇 가닥씩은 안고 살게 마련이다. 특히 교복을 입은 학생들은 그 불만을 어디에다 어떻게 말해야 하는지 대부분은 모르고 또 목소리를 내어도 들어주지 않는 경우가 많다. 그래서 학교는 참 변하지 않는다. 하지만, 목이 잘릴지라도 임금님 귀가 당나귀 귀라는 사실을 어디에든 말하고 싶어 하는 게 인간의 마음이다. 그래서 아무리 못 들은 척, 모르는 척해도 그 이야기가 언젠가는 어떠한 형태로든 터져 나오게 되어 있는 것이다.

그러므로 교사들이 학교에서 해야 하는 일은 목을 자른다고 위협하는 것이 아니라 그 서투른 이야기에 귀 기울이고, 그 이야기가 어디에 어떻게 가 닿아야 하는지를 알려주는 일이어야 한다. 무상 급식이라 음식 아까운 줄 모르고 배가 쳐 불렀다고 혼낼 것이 아니라 아이들이 무엇을 원하는지 귀 기울여 듣고 서로 절충점을 찾아가는 방법을 이왕이면 민주적으로 토론과 양보, 배려를 통해 보여주어야 한다. 내가 먼저 귀 기울여 들어야만 상대도 내게 귀를 기울이려는 척이라도 할 수 있다. 그러지 않고서야 이미 배 부른 아이들이 누구의 말을 듣겠는가.

## 사랑한다고 말하면
## 빵 한 조각을 주지

학생부 선생님들의 일상적인 아침은 잔소리로 시작되는 경우가 많다. 너 왜 학교에 교복을 제대로 갖춰 입고 오지 않았니, 이 날씨에 슬리퍼는 발 시리지 않니, 치마가 왜 이렇게 짧니, 화장이 너무 진한 것 아니니. 이런 잔소리들의 강도가 강해질수록 아이들의 외양은 비슷한 모습으로 수렴된다. 입들은 다물어지고 고개는 숙여진 채 교문을 통과하게 된다. 그런데 2018년에 만난 아이들은 내가 잔소리를 하기도 전에 이미 정확히 그 상태로 등교를 하고 있었다. 서로 초면이라 어색하기도 했지만 내가 용기 내어 인사를 건네는 데도 고개만 까딱하거나 '이 아저씨는 뭐야?' 하는 눈으로 말없이 지나치는 경우가 많았다. 날씨와 관계없이 무척 기운이 없거나, 혹은 무언가에 잔뜩 성이 나 있는 듯한 인상을 받았다.

내가 나고 자란 부산에서는 '고교 평준화'라는 말을 학창 시절에 들어본 적이 없었다. 이미 1974년에 시행된 제도이기 때문에 내가 고등학교에 다닐 2000년대 초에는 이 단어를 사용할 일이 없었고 임용 시험 준비를 위해 교육학 공부를 할 때에서야 처음으로 알게 된 말이기도 했다. 그런데 내가 첫 발령을 받던 당시의 강원도에는 아직도 고교 평준화가 전면적으로 도입되지 않은 상태였다.

어디나 그렇지만 중학생들은 고등학교에 진학할 즈음이 되면 공부를 해서 대학에 갈 것인지, 전문계고(특성화고)에 가서 기술을 배우고 빨리 취업할 것인지를 결정해야 한다. 하지만 좁디좁은 지역사회에서 자식이 얼마나 공부를 잘하나 하는 것이 부모의 체면을 유지하는 아주 중요한 요소 중의 하나였으므로, 대부분의 학부모는 본인의 자녀가 후자의 집단에 속하기를 원하지 않았다. 그러한 부모들의 마음속 지향점은 대부분 지역의 이름을 학교 이름으로 사용하는 이른바 '지역 중심' 학교였다. 2014년이 되어서야 춘

천, 원주, 강릉을 중심으로 고교 평준화가 시행되었지만 내가 근무한 지역에서는 여전히 '선발 집단' 시절의 향수를 잊지 못하는 분위기가 머물러 있었다. 그 덕분에 우리 학교의 아이들은 그 과거 명문 학교 선별 집단의 명성에 걸맞게 '공부를 잘해야 한다', '행동거지를 단정히 해야 한다'는 사회적 압박을 받고 있는 듯했다.

요즘 대학 입시의 '공정성'을 위해서 수능시험과 정시 모집의 비중을 늘려야 한다고 주장하는 사람들이 들으면 좋아할 만한 이야기일지 모르지만, 아이들의 학교 생활은 예전보다 힘들면 더 힘들었지 결코 학교 생활이 행복해지는 방향으로만 가고 있는 것 같지는 않다.

"예린아! 오늘 아침에 왜 이렇게 피곤해 보여. 어제 핸드폰 보다가 늦게 잤어?"

"아니에요, 쌤. 수행평가 때문에…"

"에이, 적당히 하지 수행평가 하나로 밤을 새?"

"쌤… 저희 이번 주에만 수행평가 일곱 개예요."

"뭐라고? 일곱 개? 그럼 잘 시간이 있어?"

"저 3일 동안 세 시간쯤 잤어요."

이렇게 말하는 아이를 아침에 만나면 교복과 화장 상

태를 지적하기 전에 선생님이 돼서 널 더 힘들게 하니 미안하다는 말이 먼저 나오는 게 인지상정이다. 만약 옆에서 누군가가 '그래도 학생이니까 주어진 모든 일에 최선을⋯⋯' 따위의 말을 한다면 예린이가 며칠 동안 잠을 쫓기 위해 먹었을 핫식스를 그의 입에 몽땅 부어주고 대신 예린이를 재우고 싶은 마음이 들었을 것이다.

학생들이 공부를 잘하고 있는지 평가하는 방법은 크게 지필평가(중간, 기말고사*)와 수행평가가 있다. 특히 대학 입시에서는 학생의 평소 학교 생활과 수업 시간의 교과 활동을 교사들이 관찰, 평가한 기록(과목별 세부능력 및 특기사항)도 중요한 역할을 한다. 국어를 예로 들면, 국어 교과에서 가르치는 영역이 크게 말하기, 듣기, 읽기, 쓰기인데 지필 평가로는 말하기와 듣기를 평가하기 어려우므로 그 기능을 잘 익혔는지 확인해 보려면 학생이 실제로 말하고 듣는 수행 장면을 평가해야만 한다. 상황에 맞게 말하는 방법을 객관식으로 묻는 것이 아니라 실제로 상황을 주고 어떻게 말하는지를 지켜봐 줘야 한다는 뜻이다. 그런데 이 수행평가라

●  학교 현장에서는 1회, 2회고사로 명칭이 바뀌었다.

는 것의 취지와 목적은 분명하지만 이 평가가 한 과목에서만 이루어지는 게 아니라는 데서 문제가 발생한다. 거기에 시도별로 다를 수 있지만 대개 평가 영역의 세분화, 반영 비율의 확대를 강제하므로 내신 성적을 잘 받으려면 지필평가뿐만 아니라 수행평가에도 신경을 쓰지 않을 수가 없다.

그럼 선생님들끼리 서로 협의해서 수행평가 기간을 조정하면 되지 않느냐고 물을 수 있다. 실제로 학생들과 이야기를 해 보거나 교육청과 학생들이 직접 소통하는 자리(교육감, 교육장과의 대화 같은 자리)에서도 매년 제기되지만 잘 고쳐지지 않는 문제다. 일반적인 인문계 고등학교 학생이라면 보통 한 학기에 9과목에서 10과목 정도를 수강한다. 여기서 수강이라는 말을 쓴 이유는 대학교에서처럼 학생 본인이 듣고 싶은 과목을 선택해서 들을 수 있기 때문이다. 이른바 '고교학점제'가 그것이다. 그렇다 보니 학생 각자가 가진 시간표가 모두 다르고 학생 수가 천 명쯤 되는 학교에서 교사들의 학생들의 수행평가 기간을 적절하게 배분하거나 조율하기란 불가능에 가깝다.

특히 코로나 시국에서 등교 수업과 원격 수업이 교차될 때 학생들의 어려움이 극에 달했다. 수행평가는 숙제로 내어줄 수 없으므로 학생들이 등교할 때만 수행평가가 가능하기 때문에 예전보다 특정 기간에 학생들에게 주어지는 부담이 무척 커졌을 것이다. 이제 사회적 거리두기가 해제되고 학교가 예전처럼 운영되면 이 부분은 해소될 테니 그나마 다행이라고 하겠다.

아무튼, 매일 그렇게 쩔어서 등교하는 아이들에게 내가 할 말이 이게 아닌 것 같다고 고민하면서, 2005년 개봉한 영화 〈웰컴 투 동막골〉의 한 장면을 떠올렸다. 6.25 전쟁이 발발한 것조차도 모르던 강원도 산간 오지 마을에 우연히 국군, 인민군, 연합군 병사들이 모여들면서 벌어지는 이야기를 코믹하고 감동적으로 그려낸 영화다. 어떤 상황이든 마을 공동체 속에서 서로 돕고 이해하려는 순박한 마을 사람들 앞에 서로를 죽이지 못해 안달이던 병사들의 살기(殺氣)조차 누그러지며 그 공동체 안으로 녹아드는 것을 지켜본 인민군 장교가 촌장에게 그 '위대한 령도력'의 비결을 묻는다. 신선처럼 머리도 눈썹도 수염도 허연 촌장 할아버지는 무심하게 이런 말을 한다.

"뭘 좀 많이 멕이야지 뭐."

쩔어 있는 아이들의 어깨와 얼굴을 좀 펴게 만들려면

아침부터 뭘 좀 멕여야겠다는 생각이 들었다. 그런데 천 명이 넘는 아이들에게 내가 매일 아침밥을 해서 멕일 순 없겠고 날이 더워지면 쉬 상하기도 할 테니 밥은 곤란했다. 아무래도 여자애들이니 밥보단 빵을 더 좋아하겠지 싶어 학교 근처에서 꽤나 유명한 큰 빵집에 무턱대고 찾아갔다. 빵도 만든 날이 지나서 안 팔리면 어차피 버려야 할 텐데, 어제 만든 빵을 버리느니 멀쩡하기만 하다면 교육 기부의 형식으로 우리 학교에 기부를 좀 해 주면 어떻겠냐고 제안했는데 사장님이 주 1회 정도면 그렇게 해줄 수 있을 것 같다고 흔쾌히 수락해 주셨다. 공무원증도 안 들고 갔는데 뭘 믿고 그렇게 해 주신 건지 지금 생각해도 놀랍다.

그렇게 협찬받은 빵을 그냥 나눠주려니 뭔가 구호소 같은 느낌도 나고 의미도 없는 것 같아서 동료 선생님과 적당한 형식과 방법에 대해 고민했다. 어떻게 하면 요 작은 빵을 주면서도 기쁨을 배가시킬 수 있을까. 교회에 열성이신 그 선생님과, 성당에 적을 두고 있는 내가 가장 많이 들으면서도 가장 힘이 센 말을 아이들에게 강요해 보기로 했다. '사랑해'라는 말이었다. 사랑한다는 말은 '어둠 속에서도 환히 빛나고 절망 속에서도 키가 크는 놀랍고도 황홀한 고백*'이니까 말이다. 그러니까 빵을 나눠주는 장소에 친구들과 같이 와서, 서로 끌어안으면서 '사랑해'라고 외치는 미션을 수행해 야만 빵을 나눠준다는 조건을 걸었다. 빵만 먹으면 목 막히 니까 코코아도 한 잔씩 타서 따뜻하게 먹으라고 손에 함께 들려주기로 했다. 사랑한다는 말, 빵 그리고 따뜻한 음료. 이 런 것들을 모두 집어넣어 우리가 만날 공간의 이름을 '사랑 해 모닝카페'라고 지었다. 이것저것 준비했지만 지금까지 해 본 적 없는 행사라 잘 될 거라는 기대보다는 불안이 앞섰다.

하지만 다음 날 아침 학생들의 반응은 그야말로 폭발 적이었다.

"야! 지금 1층 학생부 앞에서 ○○베이커리 빵을 그냥 나눠준대!"

"뭐? 헐? 왜?"

"몰라, 일단 가자."

"야 근데 그거 둘이 껴안으면서 사랑한다고 말해야 준 대."

"으, 그건 극혐인데? 그래도 일단 가자!"

<br>

●     이해인, 〈사랑한다는 말은〉 중에서

'극혐이다', '부모님한테도 안 한다', '졸라 싫다', '뻘쭘하다'는 온갖 부정적인 말이 난무했지만, 그 말을 내뱉는 어느 누구도 말과 행동이 일치하지 않았다. 친구와 손을 잡거나 끌어안으며 사랑한다고 말하는 아이들의 얼굴 근육은 그날치 웃음을 다 끌어당겨 쓰는 듯 무척 바빠 보였다. 친구가 없거나 성격이 소심해서 카페를 그냥 지나치는 아이들은 선생님이 불러다 안아주거나 카페 운영을 돕기로 한 학생자치회 아이들이 친구의 역할을 대신해 주었다. —이후에 이들은 '사랑해 모닝카페 카페지기'라는 공식적인 직함을 얻게 된다.— 빵과 음료를 받기 위해 수백 명의 학생들이 한 줄로 늘어섰고 장사진이라는 단어가 사전적 의미 그대로 눈앞에 펼쳐지면서 사랑해 모닝카페는 수요일 아침을 기다리게 하는 즐거운 행사로 단숨에 자리를 잡았다. 일단 철을 씹어 먹어도 소화를 시킬 수 있을 것만 같은 늘 배고픈 여고생들의 자신감(이건 남녀 구분이 없다)과, 학교 안에 매점이 없다는 상황적인 조건이 시너지를 이룬 것도 큰 성공 요인이었으리라 생각한다.

○○베이커리의 빵 후원은 한 학기로 끝났지만 카페 운영에 대한 열광적인 성원을 외면할 수가 없어서 여기저기에

서 예산을 조금씩 끌어다가 초코파이, 몽쉘, 오예스 등의 초
코빵으로 간식을 대체했다. 카페 운영이 자리가 잡히고 호
응이 지속되자 예산도, 주위의 도움도 많아졌다. 특히, 우연
의 일치인지는 모르지만 카페 운영을 하기 시작한 이후로
선생님과 학생 간의 갈등으로 학생부를 찾는 일, 학생 상호
간의 학교폭력 사안이 교내에서 자취를 감추었다. 덕분에
학교폭력 예방을 위해 교부된 예산을 이 일에 쓰는 것이 자
연스러워졌다. 쓰지도 않을 볼펜이나 포스트잇 같은 기념품
에 '학교폭력을 예방합시다'라고 형식적으로 써서 나눠주기
보다, 맛있는 걸 나눠 먹으면서 친구와 그날의 일들을 이야
기하고 사랑한다고 말해 보는 경험이 서로 간의 관계를 좋
게 만들어나가는데 분명히 더 긍정적으로 작용했을 거라고
믿는다.

　학교가 너희들을 귀하게 생각하고 있다는 점, 너희들
은 충분히 서로 사랑하고 사랑받을 자격이 있는 사람이라
는 점을 알아주길 바랐다. 어떤 봄날엔 학부모회와 힘을 합
쳐서 김밥을 나누어 주고 너를 사랑하는 존재가 친구들과
선생님들뿐만이 아니라 엄마, 아빠도 계시다는 걸 상기시켰
고, 어떤 추운 날엔 어묵 국물 분말 스프를 사다가 뜨거운

물에 타서 분식집 분위기를 연출해 주기도 했다. 학교가 조금씩 조금씩, 하지만 눈에 띄게 밝아졌다. 아침에 만나는 친구들과 선생님에게 밝게 인사하고, 자신에게 전해지는 인사에 미소로 답하는 아이들이 많아졌다.

졸업식 날이 되면, 내 수업을 듣지 않아서 서로 인연이 없는 것 같은 아이들 몇몇에게 꼭 편지나 엽서를 받는다.

"선생님. 안녕하세요. 선생님의 수업을 듣지 않아 저를 잘 모르시겠지만, 졸업하기 전에 선생님께 꼭 감사하다는 말씀을 드리고 싶었어요. 2학년 때 성적도 그렇고 미래에 대한 진로도 불투명해서 너무 살기가 힘들었어요. 그래서 극단적인 생각도 했었어요. 그런데 수요일 아침마다 쌤이 주시는 코코아랑 따뜻한 아이스티가 그렇게 생각나더라고요. 그렇게 일주일 버티고, 지내고 하다 보니 어느새 졸업도 무사히 하게 됐어요. 언제 다시 뵐지는 모르겠지만, 늘 건강하시고, 우리 후배들에게도 사랑해 모닝카페 계속 진행해 주세요. 그동안 정말 감사했습니다."

언제나, 나는 내가 무엇을 준다고 생각하고 일을 시작하지만 그 일의 끝엔 아이들에게 준 것보다 훨씬 더 많은 것을 돌려받는다. 사실 카페를 한 번 운영하려면 결재받고, 물건 사 오고, 정리하고, 준비하고, 운영하고, 결산하고 하는데 손이 무척 많이 간다. 수업이나 평가처럼 반드시 해야만 하는 일도 아니다. 하지만, 하나하나 참 귀한 이 아이들이 특별할 것 없는 일상의 아침 친구들과 한 번 웃을 수 있다면, 짜증나고 더러운 일도 달콤한 간식으로 잠시나마 잊을 수 있다면 충분히 해 볼 만한 일이다. 지금은 떠나온 예전 학교가 되었지만 그때를 떠올리면 참 행복하고 즐겁다. 그때 카페를 열려고 출근하던 길 귀차니즘이 스며들세라 꼭 듣던 노래가 떠오른다.

"니가 웃으면 나도 좋아.

넌 장난이라 해도.

널 기다렸던 날

널 보고 싶던 밤

내겐 벅찬 행복 가득한데"

— toy, 〈좋은 사람〉

## B컬과 S컬의
## 각도 차이를 구하시오

"○○○ 서울교육감은 최근 학생들이 복장, 두발 등 용모를 스스로 결정하도록 하겠다며 '두발 자유화' 방침을 밝혔다. 머리 길이를 자유롭게 하는 것뿐 아니라 염색과 파마도 허용하겠다는 것이다. 각급 학교는 내년 상반기 중 공론화 과정을 거쳐 학교별로 두발 자유화를 결정하게 된다.

현재 대부분의 학교는 염색과 파마가 학생 건강 및 안전에 유해하다고 판단해 이를 금지하고 있다. 머리 스타일이 자유화되면 외모에 민감한 청소년들이 수시로 머리 길이, 스타일, 색깔을 바꾸는 경쟁을 할 것이다. 그렇게 되면 학생·학교 간 위화감이 조장될 뿐 아니라 학부모들의 경제적 부담도 늘어날 것으로 우려된다. 아직 주체 의식이 확립되지 않은 학생들은 정체성 혼란과 정서 발달 장애를 일으켜 자아존중감이나 자신감을 상실할 염려도 있다.

> "무엇보다 독성이 강한 염색·파마약이 어린 학생들에게 피해를 줄 수 있다. 염색·파마약이 두피를 통해 체내에 흡수되면 예민한 피부를 자극할 뿐 아니라 두통, 두피염, 후두염 등을 일으킬 수 있다. 염색 성분이 눈에 들어갈 경우 시력 저하 등도 유발할 수 있다. 어린 학생들의 정신적·육체적·정서적 발달에 악영향을 미칠 수 있는 파마와 염색은 허용되어서는 안 된다."
>
> — '중고생 염색 파마 허용, 부작용 더 많다', 〈조선일보〉, 2018.10.

전국 이미용 협회 및 헤어 관련 제품 제조 기업에서 쌍심지를 켜고 달려들 만한 글이다. 중학교 국어 수업 시간에 토론 주제로 던져 줘도 아이들이 아주 신랄하게 씹고 뜯고 맛보고 즐길 법한 글이기도 하다. 한 일간 신문에 실린 칼럼인데, 과연, 몇 년도에 실린 것일까? 답은, 2018년이다. 조금만 찬찬히 읽어보자. '현재 대부분의 학교는 염색과 파마가 학생 건강 및 안전에 유해하다'고 판단하여 이를 금지하고 있다고 한다. 국가통계포털의 '시도별 공중위생영업소 현황'에 따르면 2018년 현재 전국의 이용업소는 17,435개, 미용업소는 143,512개다. 무려 '염색과 파마'라는 학생 건강 및 안전에 유해한 행위를 하는 업소가 전국에 무려 16만 개가 넘게 있었다는 사실. 사실이 그렇다면 당시의 대한민국 정부와 교육부는 그야말로 국가의 미래를 너무나도 심각하게 방치하고 있었다는 말이 된다. 대국민 사과 정도가 아니라 대통령을 비롯한 내각이 총사퇴를 해도 모자랄 법한 일이다.

아이들이 외모에 민감한 건 맞지만 머리 길이와 스타일로 경쟁을 한다는 발상도 요즘 애들 말로 신박(?)하다. 청소년기가 자아 정체성을 확립해 나가는 시기라는 생각 하에 '주체 의식이 확립되지 않은'이라는 말을 백번 양보해서 못들은 척 지나치더라도 머리 스타일이 정체성 혼란과 정서 발달 장애를 일으킨다는 말로 장애 학생에 대한 편견 및 청소년기 발달에 대한 무지를 함께 드러내고 있다. 독성이 강한 염색, 파마약이 각종 질환을 유발한다는 말을 중앙 일간지에 저렇게 버젓이 쓰고도 샴푸 회사로부터 고소를 당하지 않은 것이 신기할 따름이다. 염색 성분이 눈에 들어갈 경우 시력 저하 등도 유발할 수도 있다는 말에는 실소가 나온다. 그럼 과학실에 있는 수많은 시약과 미술실에 있는 유화물감도 아이들로부터 격리해야 할 테니까 말이다.

특정한 칼럼을 예로 들었지만 2020년대 이전에 학교를 다닌 대부분의 대한민국 국민들은 이 논리에 참 익숙하지 않을까. 그러면서도 참 구시대적이다, 예스럽다는 말로 비판적인 마음을 갖더라도 우리의 학교는 참 변함없고, 따라서 저 논리가 구현된 규칙들 역시 여전히 살아있다.


"부장님. 교육청에서 학교 생활 규정 개정하라고 공문 보냈던데 보셨어요?"

"네네 봤죠. 부장님네는 어떻게 하실 거예요?"

"그러게요. 이게 참 어렵네요. 부분 개정하자니 기준이 애매하고 완전히 없애자니 부담스럽고."

"저희는 아이들 머리에 B컬, S컬 가지고 말들이 많아요."

"네? 뭐라고요? 그게… 뭐죠?"

학교에는 학생들이 지켜야 할 규정들이 많다. 학교규

칙, 학업성적관리규정 등 온갖 제목의 갖가지 규정이 있지만 흔히 '교칙'이라고 일컫는 건 대개 '학교 생활 규정'을 말한다. 여기에 출결, 복장, 용모, 징계양정 및 방법 등이 명시되어 있다. 위의 대화에서 말한 이른바 '컬'이라는 것이, 내 머리칼의 휘어지는 각도 또는 휘어져 있는 모양을 일컫는다는 걸 학교 생활 규정을 통해서 알았다. 30대 중반에 접어들면서 부쩍 가늘어지고 숱이 줄어드는 머리 걱정에 파마는커녕 염색도 꺼리던 나와는 평생 관련이 없는 단어일 줄 알았다. 단어야 어찌 되었든, 머리카락이 휘어지는 각도를 생활규정으로 강제할 수 있다는 사고방식이 무척 신선했다.

일단 머리카락에 염색, 탈색, 파마 등 아무런 화학적 처리를 가하지 않은 상태를 '정상'의 기준으로 삼고 무척 선심이나 쓰듯 약간의 변형을 허용한다는 진술이 아닌가. 어떤 검은 생머리 성애자가 이런 규정을 만들었을까. 그럼 곱슬머리는? 스포츠 머리는? 늦잠자서 머리를 못 감아서 부스스한 머리는?

염색 금지도 이게 과연 가능한 일인 건지 반문할 필요가 있다. 대전직할시 출신 아버지와 경상북도 출신 어머니의 콜라보로 태어난 토종 한국인인 내가 가끔 내 조상님들의 내력을 궁금해했을 때가, 까만 머리를 햇빛에 비춰봐서 갈색으로 보일 때였다. 나는 약간 갈색빛이 나는 머리가 있으니 수천 년 전에는 아마 만주 벌판을 말타고 달리던 상남자였을 거라고 혼자 생각하던 사춘기가 있었다. 증명할 수 없는 그런 상상 말고 실제로 부모 중 한 명이 머리색이 다른 외국인이라서 운 좋게 탈색이 필요 없는 금발을 물려받았다고 해 보자. 그럼 그 아이는 학교 규정에 명시된 '검은색' 머리가 아니므로 멀쩡한 금발을 흑발로 물들여야 한다는 말인가. 에이~ 그건 너무 나갔다고? 걔는 부모가 외국인이란 걸 증명할 수 있으니까 예외로 해야 된다고? 좋다. 그럼 자연 갈색은 어쩌지? 분명히 양친이 한국인인데도 유난히 얼굴이 희고 머리에 갈색빛이 도는 아이가 있었다. 아침에 등굣길에 불러서 혹시 염색을 한 건 아닌지 묻자 기가 찬 대답을 한다.

"선생님, 저 중학교 때부터 선생님들한테 그 말씀 무지하게 많이 들었어요."

"그래서 어떻게 했냐? 그냥 넘어가시던?"

"어떤 학생부 선생님은 병원에든 미용실에든 가서 이게 자연 갈색이라는 증명서나 확인서를 받아오라고 하시던데요? 그래서 아는 미용실 원장님한테 써 달라고 그랬어요."

하루는 어떤 선생님이 찔찔 울고 있는 밝은 갈색 머리 아이 하나를 학생부로 데리고 오셨다.

"아니 얘가 머리 색이 이런데 자꾸 딴소리를 한다니까요?"

"아이고 선생님 그랬군요. 이제 저한테 넘겨주시고 올라가셔요. 잘 지도하겠습니다."

선생님을 돌려보내 드리고 딸려 온 아이에게 음료수를 좀 권한다.

"머리 색이 눈에 띄긴 한다 야. 언제 했냐? 방학 때? 3학년인데 졸업할 때까지 조금만 더 기다리지 그랬어."

"쌤, 이게요, 중학교 때 한 거예요. 그때 탈색도 여러 번 하고 그래서 머리가 다 상했어요. 그래도 학교에서 검은색으로 염색 안 하면 혼나니까 방학 지나고 다시 할라고 했거든요? 근데 미용실 원장님이 머리가 너무 상해서 지금 염색하면 머리가 다 녹는대요. 그런 얘길 하려고 하는데 담임쌤이 자꾸 말을 끊고 같은 말만 하시잖아요."

중학교 때 한 일의 결과가 지금의 징계로 돌아오다니. 학교도 다른 학교요, 그러니 규정도 다를 것이요. 공소시효도 지났을 것이요, 두피와 머리 건강도. 나는 소크라테스급 성인이 아니므로 '그래도 악법도 법이다'라는 말을 할 수가 없었다.

"아이고 그랬구나. 머리를 지금 바로 녹일 순 없지. 그럼, 머리가 좀 길어질 때를 기다려서 언제 머리를 다시 물들일지 글로 남겨놓자. 그럼 그때까지는 선도부 애들한테 지적받지 않게 쌤이 말해둘게."

내가 낼 수 있는 절충안이 고작 그것이었다. 학교 생활 규정을 추상같이 적용해야 할 학생부장의 직무유기라고 욕을 먹어도 어쩔 수 없었다. 누구를 위한 머리 색이어서 머리카락을 녹여가면서까지 지켜가야 할 것이냐는 스스로의 물음에 답할 수 없었기 때문이다. 아니, 애초에 왜 검은색이어야 하는 건지. 학생이라는 사회적 계층의 자격과 머리 색깔은 과연 어떤 밀접한 상관관계가 있는 건지.

대한민국 헌법 제12조 1항. 모든 국민은 신체의 자유를 가진다.

머리카락도 신체의 일부다. 신체적 자기 결정권은 본인에게 있다. 모든 국민에 학생도 포함되므로 학생 본인의 신체에 대한 결정권은 자신에게 있다.

초중등교육법 제18조의4(학생의 인권보장) 학교의 설립자, 경영자와 학교의 장은 〈헌법〉과 국제인권조약에 명시된 학생의 인권을 보장하여야 한다.

헌법을 지켜야 한다고 위와 같이 초중등교육법에서 다시 강조하고 있다. 그럼 국제인권조약에는 뭐라고 되어 있냐.

유엔아동권리협약 제1부 제2조의 ① 당사국은 아동이나 그 부모, 법정대리인의 인종, 피부색, 성, 언어, 종교, 정치적 견해 또는 기타 의견, 민족적, 인종적, 사회적 출신, 재산, 장애, 태생, 신분 등의 차별 없이 본 협약에 규정된 권리를 존중하고 모든 아동에게 이를 보장해야 한다.

그 누구도 위에 열거한 사항들에 의해 차별을 받아서

는 안 된다. 아동, 즉 청소년의 권리 역시 그렇다. 머리 색도 위에 열거한 요소들의 맥락을 살펴볼 때 차별의 요인이 되어서는 안 된다.

각 학교에서 운용하는 학교 생활 규정은 초중등교육법의 범위를 넘어설 수 없다. 그럼에도 불구하고 학생들의 머리 색과 형태를 제한하는 것은 헌법을 위시한 상위법에 위배되는 일이며 국제협약을 어기는 일이기도 하다. 강원도교육청에서는 이와 같은 생각을 바탕으로 모든 초, 중, 고등학교의 학교 생활 규정을 손보아 왔다. 이른바 사회적 통념이나 생활지도의 어려움이라는 말에 부딪히는 경우도 있지만 대체로 큰 흐름은 학생들의 신체를 구속하는 규정을 폐지하는 방향으로 다행히도 흐르고 있다.

교사들이 싸워야 할 것은 학생들의 머리 색이 아니라 그 정신을 좀먹을지도 모르는 불법 도박, 흡연과 음주를 부추기는 사회, 타자에 대한 혐오와 같은 거악들이다. 그 벅찬 싸움에서 창의적인 아이들과 어깨를 겯고 함께 고민하고 싸워야 할 것이다. 그리고 그 창의적인 아이들의 머리가 검은 색이지만은 않을 것이다.

# 처음과 같이
# 이제와 항상 영원히

내가 대학수학능력시험을 치른 그날로부터 며칠이 지나지 않았던 어느 추운 겨울날 아침, 아버지도 어머니도 어디론가 나가고 안 계시던 우리 집에 법원에서 나왔다는 덩치 크고 무서운 아저씨들이 우르르 들이닥쳤다. 망연하게 주저앉아 계시던 할머니를 이리저리 피해 가며 아저씨들은 이른바 '빨간 딱지'가 붙은 짐들을 살뜰하게도 실어 내갔다. 내가 직접 내 돈 주고 산 건 딱히 없어서 그런가 보다 하며 바라보다가 문득 나는 이제 곧 부산을 떠나 서울로 대학을 가야 할 상황이었다는 생각과 그것이 이제는 남의 이야기가 되었다는 생각에 이르자 철없는 분노가 물밀듯 밀려들었다.

도박을 한 것도, 투기를 한 것도 아니었고 다만 돈을 벌고자 하는 의욕에 비해 돈 버는 수완이 부족했을 뿐인 엄마 아버지의 마음을 이해해 보려는 시도 따위도 없이 그저 '당신들이 공부만 열심히 하라고 하기에 나는 그렇게 했고, 결과도 그럭저럭 받았는데 이제 대학은커녕 내 인생도 같이 다 망했다'는 막연한 원망만 들어찼다. 그런데 '공부만 열심히 하면 어떻게든 길이 생긴다'고 하셨던 아버지의 말씀이 진짜 내게 기적으로 다가올 줄이야.

가전이라고는 꼭 냉장고 하나 덜렁 남아 집 전체가 냉장고를 넣어둔 어두운 박스처럼 되어버린 집 현관문을 닫고 계단 몇 개를 터덜터덜 내려와 문득 올려다본 하늘이 열아홉 살의 내게 이런 말을 들려주었다.

겨울 나무와
바람
머리채 긴 바람들은
투명한 빨래처럼
진종일 가지 끝에 걸려
나무도 바람도

혼자가 아닌 게 된다.

혼자는 아니다
누구도 혼자는 아니다
나도 아니다
실상 하늘 아래 외톨이로 서 보는 날도
하늘만은 함께 있어 주지 않던가

11월의 맑고 시린 하늘 아래 섰던 그 순간, 수능 국어 문제집에서 여러 번 읽고 문제를 풀었던 김남조의 '설일'이라는 시의 일부가 떠오른 건 우연이라기엔 지어낸 말 같고 필연이라기엔 굳이 그 나이에 겪어보지 않아도 되었을 일인 것 같다. 하지만 엄마도, 아빠도, 할머니도, 친구들도 누구도 내 마음을 알아주지 않을 거란 생각 위로 '하늘만은 함께 있어 주'는 거라는 말이 빨간 딱지의 공포와 앞으로의 고달픈 삶에 대한 부담을 불과 삼십 분만에 막연한 희망의 이불을 덮을 수 있게 도와주었다. 그리고 그다음의 삶을 연속할 수 있게 해 주었던 것은, 라면이었다.

대학이고 돈벌이고 간에 일단 끼니는 해결해야겠는데

부모님과 연락은 안 되는 상황에서 불현듯 떠오른 게 옆집 아주머니가 적십자사와 모종의 관계(?)를 갖고 계시단 말을 얼핏 들었던 기억이었다. 마침 초등학교 동창의 어머니시기도 했기 때문에 아들같이 생각해 주실 거라는 기대로 옆집 벨을 눌렀다. 아주머니와 나누었던 대화가 정확히 기억은 나지 않지만 그 순간의 다음 기억은 우리집 현관에 20kg짜리 쌀 한 포대와 안성탕면 한 박스가 놓여있는 장면으로 이어진다. 할머니는 라면이 싫다고 하셨지만, 안성탕면을 끓여서 함께 먹는 순간만큼은 난 참 좋았다. 초등학교(국민학교라는 명칭의 적합, 부적합을 따지기 전에 나는 일단 '국민'학교에 입학해서 '초등'학교를 졸업했다는 게 사실인데 한글 워드 프로그램은 '국민학교'라고 입력하면 자동으로 '초등학교'라고 수정해 주는 과도한 친절을 베풀고 있다.) 저학년 때 토요일 오전 수업을 마치고 집에 오면 배고픈 손자를 위해 뚝배기에다 두 개씩 끓여주시던 그 구수한 맛과 오후의 노란 햇살이 떠올랐고. 안성탕면 스프에 들어있는 파가 싫다고 떼를 쓰면 엄마가 체에다 스프를 받쳐 파 없는 라면을 끓여주시던, 벽에 바른 시멘트가 군데군데 드러나 있는 허름하지만 참 따뜻했던 부엌이 생각났다. 그리고 할머니는 안성탕면을 '끓여'주셨고 엄마는 안성탕면을 '삶아' 주셨기 때문에 과연 '끓이다'와 '삶다'의 차이와 고부갈등은 무슨 상관관계가 있을지 고민하던 사춘기의 나도 떠올랐다. 그렇게 몇 번인가 더 지원받은 안성탕면을 삶고 볶고 끓이고 지지고 부치고 하며 그 겨울을 났고 담임 선생님의 권유에 법대를 나와서 검사가 되고 싶다던 꿈을 접고 사범대학 국어교육과에 진학했다. 그로부터 16년이 지나 아이들과 라면에 대한 글을 수업 시간에 함께 만나게 되었으니, 바로 소설가 성석제의 '소년 시절의 맛'이다. 논두렁에서, 독서실에서, 군생활에서 먹었던 최고의 라면 맛에 대해 쓰면서 그 시절에 얽힌 사연과 꿈을 그리는 짧짤한 수필이다.

　수필이란 건 자신이 겪은 일을 통해 얻은 삶의 깨달음에 대해 형식에 얽매이지 않고 자유롭게 쓴 글이다. 지금 이 글도 마찬가지다. 삶의 깨달음이라는 것은 거창한 데서가 아니라 스스로를 가만히 들여다보는 일에서 출발하는 게 아닐까. '자신이 겪은 일', 그리고 '자유롭게'라는 전제는 결국 누구나 쓸 수 있다는 것이다. 그래서 수필 단원을 공부하면 언제나 수행평가 과제로 수필을 쓰도록 강요(?)한다. 마침 내가 최애하는 음식 라면이 제재인 글인데다 대한민국 사람치고 라면 한 번 먹어보지 않은 사람이 있겠는가 하는 과도한 일반화를 바탕으로 이런 글제를 만들었다.

"자신이 먹어 본 최고의 라면과 관련된 경험을 쓰고, 이를 바탕으로 자신이 깨달은 바에 대해 한 편의 완결된 수필로 작성하시오."

그러나 성석제만큼은 안되어도 뭔가 좀 구체적이고 현실적인 글이 나오게 하려면 상상만 해서는 안 될 듯싶었다. 집에서 끓이는 라면이 결코 따라잡기 힘든 것이 분식집 라면인데, 그걸 수업 시간에 아이들을 데려가 먹일 순 없는 노릇이니 그와 비슷한 경험을 교실에서 하게 해줄 수는 없을까 고민했다. 버너랑 냄비를 가져오라고 해서 다 같이 끓여 먹다간 이게 국어 시간이 아니라 가정 실습 시간이 될 것 같고, 설거지에, 부탄가스나 화상 위험에…… 감각적인 수업한 번 해 보려다 사유서를 쓸 순 없으니 일단 보류. 어떤 라면이 맛있었던지 떠올려 보면 역시 분식집 라면인데, 분식집마다 특성은 다르지만 흔히 슈퍼에서 파는 라면을 끓여주는 집이 있는 반면 어떤 집은 면 따로 스프 따로 구입해서 조합해 주기도 한다. 면을 따로 삶고 캔이나 큰 봉지에 들어 있는 스프를 적당량 덜어서 투하하는 식이다. 그때 그 스프만 따로 담겨 있던 장면이 생각났다. 늘 장을 보러 가던 식자재 마트로 차를 달렸다.

역시, 겉에 '라면 스프'라고 떡하니 적힌 상품을 찾아냈다. 소주잔 사이즈의 종이컵도 넉넉하게 사 와서는 교무실 버너에(교무실에 왜 버너가 있냐고 묻지 마시라.) 주전자를 걸고 물을 끓였다. 물 온도가 서서히 올라가는 동안 심각하게 고민했다. 수능, 입시 노래를 부르면서 수업 시간에 1분만 늦어도 세상이 망할 것처럼 호들갑을 떠는 동료들이 득시글거리는 곳에서 과연 나는 라면 국물을 끓여 들고 수업에 들어가도 괴물 취급을 받지 않을 것인가.

그날은, '새침하게 흐린 품이 눈이 올 듯하더니 눈은 아니 오고, 얼다가 만 비가 추적추적 내리는 날이었다'는 현진건의 〈운수 좋은 날〉 속 문장을 그대로 갖다 써도 될 만한 날이었다. 그런 날 라면 국물을 한 모금 마시고 캬~ 하는 아이들의 ─오해하지 마십시오. 여고생들이었습니다.─ 모습을 상상하니 쉽게 결론이 났다.

"괴물 한 번 돼 보지 뭐. 인생 뭐 있냐. 분명히 재밌을 텐데."

　주전자에 과감하게 라면 스프를 부어 휘휘 젓고는 좀 전의 호기로운 대사와는 어울리지 않게 누가 볼세라 빈 박스에 곱게 숨겨 담아 수업 자료인 양 들고 낑낑대며 계단을 올랐다.

　누가 그랬던가. 기침과 가난과 라면 국물 냄새는 결코 숨길 수 없다고. 분명히 좀 전에 점심을 푸지게 먹었을 텐데도 복도에서 슬슬 풍기는 라면 냄새에 웅성거리던 아이들의 눈이 확신과 놀람으로 차올랐다.

　"쌤 설마, 라면⋯⋯?"

　"반장 앞으로 나와서 선생님 좀 도와주라."

　반장은 아이들에게 종이컵을 하나씩 나눠주었고, 나는 교실을 돌며 정확히 컵의 7부 선에 맞춰서 라면 국물을 따랐다. 정말 절묘하게 48번째 컵에 마지막 국물 방울이 정확히 떨어진 후 우리는 다같이 의식을 치르듯 라면 국물을 아껴 마셨다.

　"크으, 이거 진라면이네."

　"아냐, 이거 신라면인데?"

　"야, 야, 내가 라면 좀 먹어봐서 아는데, 이거 우리 언니랑 맨날 먹거든. 삼양라면이거든."

미안하다. 그런 라면들이 아냐 얘들아. 삼양라면은 햄 맛이 강한데 이 국물에는 그런 맛이 안 남에도 불구하고 삼양라면이라고 주장했던 미각 둔한 자들은 가장 먼저 그 토론에서 발언권을 잃었다. 하지만 어느새 교실은 이 라면 스프의 정체성이 아니라 누구와 함께 이 맛을 느꼈던지, 어떨 때 이 맛을 느꼈던지 서로 나누는 친목의 식당으로 바뀌고 있었다. 그 틈을 타 나는 자연스럽게 수행평가 용지를 들이밀었다.

"자! 지금 너희들이 한 얘기, 이 종이에 쓰면 된다."

어느 때보다도 진지하게 한 손엔 종이 잔, 한 손엔 펜을 들고 글을 쓰는 그곳엔 백종원이 열댓 명, 황교익이 열댓 명, 이연복이 열댓 명쯤 있었다. 그들이 써낸 글 속에는 온갖 형태의 라면이 등장했다. 독서실에서 친구들과 시험 기간에 먹은 라면, 남친에게 차이고 친구들과 먹었던 매운 떡볶이 속 라면(정확히는 사리지만), 부모님이 일하러 가시고 안 계실 때 혼자서 끼니를 때우기 위해 끓여 먹었던 쓸쓸한 라면, 계곡에 가족들과 놀러 가서 끓여 먹은 라면은 경험을 중심으로 쓴 것들. 참치, 우엉, 양배추, 햄 같은 부재료를 곁들이거나 까나리액젓이나 후추, 파기름을 내서 끓이는 방법들은 라면을 요리로 대하는 진지한 방법론의 측면. 그중에서도 가장 얼큰했던 라면은, 관계를 되살려 준 라면이었다.

열여덟 살이 되었어도 학교에서 있었던 일을 시시콜콜한 것까지 엄마랑 얘기하는 예쁜 아이였다. 아마 그날도 학교에서 웬 이상한 문학 선생님이 수업 시간에 라면 국물을 끓여줬다느니 그걸로 수필을 써 보라는 희한한 일을 시켰다느니 하고 이야기했을 것이다. 그리고 자신이 쓴 글을 엄마에게 보여줬을 것이다. 그리고 그 아이는 그 주 토요일, 10년 만에 아빠가 끓여주는 라면을 먹게 된다. 사연은 이렇다. 아이의 집에는 규칙처럼 굳어진 습관이 하나 있었다. 토요일 점심은 언제나 아빠가 자매에게 라면을 끓여주고 셋이 앉아 그걸 나눠먹는 게 바로 그것이었다. 그런데 아빠의 건강이 안 좋아지시고 중고생이 된 자매 역시 집에 있는 시간이 줄어들면서 그 습관도 흐지부지되었던 것이다. 함께 하는 시간이 줄면서 관계도 자연스레 소원해지던 것을 다시 이어준 것이 바로 그 아이의 글이었다. 아빠와 어렸을 때 먹던 토요일 오전의 라면 맛. 그 시간의 공기와 온도. 아빠와 언니의 표정과 그리 중요하지 않았을 이야기들. 길지 않은 아이의 삶 속에서도 가장 소중한 순간들 중 하나로 새겨진 그 시간이 아빠에겐 새삼스레 다가왔을 것이고, 아이와의 추억을 현재의 관계로 다시 잇기 위해 피곤한 토요일 오전 다시 라면 물을 올렸던 것이다.

어쩌면 라면이란 건 삶의 희망을 잃은 청년들에게, 살다 보니 어느새 자식과 소원해진 아버지가 다시 용기 내 딸에게 말을 걸 수 있도록, 신이 인간에게 슬쩍 던져 준 마법의 아이템이 아닐까. 그리고, 언젠가 그날 그 교실에서의 아이들이 춥고 쌀쌀한 그래서 따뜻한 무언가가 절실하게 생각나는 날 '소녀 시절의 맛'을 한 번쯤 떠올리게 된다면 '진'실로 '신라'고 좋겠다.

나는 가끔 후회한다
그때 그 일이
노다지였을지도 모르는데……
그 때 그 사람이
그 때 그 물건이
노다지였을지도 모르는데……
더 열심히 파고들고

더 열심히 말을 걸고

더 열심히 귀 기울이고

더 열심히 사랑할 걸……

— 정현종, '모든 순간이 꽃봉오리인 것을'


마지막 종례를 받고 하늘로 간 효석이가 내게 준 선물이 하나 있다. 선택의 순간에 설 때, 무언가 하기 망설여질 때 '후회하지 말고 지금 움직이라.'는 말을 늘 되뇌게 해 준 것이다. 인생은 한 번이고, 우리가 함께 할 수 있는 시간은 지금이 마지막일지도 모른다는 것을 자신의 죽음으로써 가르쳐주었기에 나는 결코 그 말을 잊을 수가 없다.

국어 선생으로 살면서 가장 행복한 것은 글쓰기를 통해 아이들이 자기 안에 있는 꽃씨에 싹을 틔워보려고 노력하는 것을 볼 때, 그 싹이 저마다의 색과 모양을 가진 꽃으로 제각각 아름답게 피어나는 것을 볼 때다. 글쓰기는 결국 자신의 삶에 대한 성찰과 화해의 과정이므로 과거의 자신을 인정하고 앞으로의 자신을 그리게끔 한다. 그러나 아이들은 자기 안에 씨앗이 있는 줄도, 피우려는 노력을 해야 한다는 사실도 모를 때가 많다. 그것들을 알려주기 위해 교사들은 관성, 나태, 고정관념과 싸우면서 새로운 아이디어를 실천하는 용기를 가져야 한다. 나는 그날 라면 국물과 글쓰기를 통해 한 가정의 주말을 다시 피워 낼 수 있도록 도운 셈이다. 후회 대신 기대와 희망이 있는 교실에서, 오늘도 나는 아이들의 이야기에 귀를 기울인다. 우리가 함께하는 모든 순간이 꽃봉오리니까.

# 당신에게 돋아 있는 가시는

여고생들과 문학 수업을 할 때는 수행평가로 꼭 글쓰기 포트폴리오를 작성한다. 제목이 거창하지만, 사실 문학 작품을 함께 읽고 공부한 다음에 그것과 유사한 자신의 경험을 떠올리게 하거나 자기 삶에 그 작품의 주제 의식이 무슨 의미가 있을지 고민해 보게끔 하기 위해서다. 수능 시험에 많은 것들이 종속될 수밖에 없는 인문계 고등학교에서, 문학을 단순하게 암기하는 식으로 공부하는 대신 수업과 삶을 연결하게끔 도와주려는 나름의 방법이다. 예를 들어 신라 향가 '제망매가'를 공부했다면 자신에게 가장 중요한 사람이 죽었다고 가정하고 그 상황을 어떻게 받아들일지

글을 써 보게 한다거나, 경기체가 '한림별곡'을 읽고 자신의 성격이나 개성을 잘 나타낼 수 있는 단어들을 골라 시가의 형식에 맞춰 써 보게 하는 식이다. 전자를 통해서는 자신에게 가장 중요한 사람이 누구인지, 그리고 그 사람이 내게 어떤 의미를 갖고 있었는지를 알 수 있게 되고, 후자를 통해서는 자신에 대해 진지하게 돌아보게 되는 효과가 있다. 선생님이 혼자 강의해서는 학생들에 대해 결코 알 수 없는 것들을 이 활동을 통해 많이 알 수 있어서 좋다. 그렇게 한 학기에 예닐곱 번의 글쓰기를 하고 나면 수행평가 영역이 저절로 채워지니 애들도 좋고 나도 좋다.

이 활동이 효과를 거두기 위해서 가장 중요한 것은 아이들이 쓴 글에 대해 선생님이 피드백을 적절하게 주는 것이다. 대체로 자기 삶의 이야기들이 소재이기 때문에 우선 아이들이 무척 진지하고, 덕분에 나도 읽는 재미가 좋다. 그렇지만, 한 학년에 백에서 백오십 명 사이를 담당하다 보면 과제 하나를 내주고 읽고 답글을 달아주는데 못해도 일주일씩은 걸린다. 하지만 그걸 소홀히 할 수 없는 것은 모처럼 솔직하게 용기를 내서 자기 내면을 드러내 준 것에 대한 예의를 표시하지 않을 수 없기 때문이다. 그러다 보면 보석 같은 성장의 과정을 목격하는 '뽕'에 취할 수 있기 때문이기도 하다.

나희덕의 '내 유년의 울타리는 탱자나무였다'라는 수필을 읽는 시간이었다. 탱자나무 줄기에 있는 가시가 남을 다치게 하기 위함이라기보다는, 자신의 아름다운 꽃과 열매를 지키기 위해 존재하며 때로는 그것이 스스로를 다치게 하기도 하지만 살아 있는 모든 생명에게는 이렇게 자기를 지킬 수 있는 힘이 하나씩 주어져 있더라는 삶의 깨달음을 다룬 글이다. 내 것이든 남의 것이든 여기저기 가시에 찔려 본 일이 어른들에게는 당연한 말처럼 들릴 수 있지만, 가시의 의미를 재해석하는 걸 보고 아직은 순수한 면이 더 많은 열여덟 여고생들의 입에서 탄성이 나오는 걸 듣고는 과제를 이렇게 냈다. "자신의 삶에서 '가시'가 무엇인지 구체적으로 쓰고, 이에 대한 자신의 감정을 솔직하게 써 봅시다. 분량은 글쓰기 노트 20줄 이상" 그중 한 편을 소개한다.

"내 삶에서 가시는 자신에 대한 과도한 완벽주의? 강박관념? 인 것 같다. 거울을 보면 내가 좋아하는 내 모습이 보여야 하는데 그러긴커녕 피부, 새치, 몸무게, 외모 등등에 집착하는 내 모습이 항상 보인다. 또한 시험을 보거나 할 때도 내가 열심히 하지 않은 부분은 어쩔 수 없지만 정말 노력한 부분에서 좋지 못한 결과를 받았을 때 과거는 과거일 뿐이고 다음에 잘하도록 하자 이런 마음보다는 그냥 이 시험 결과가 이러니까 이제 내 인생은 어떡하지, 나는 왜 살지? 라는 생각이 끊임없이 든다. 부정적인 마인드에서 헤어나올 수 없는 것 같다. 다른 사람의 장점들을 잘 봐주고 남을 많이 생각해 준다는 얘기를 많이 듣는데 정작 내가 스스로를 돌보지 않고 장점을 봐주지 않고 사랑해 주지 못한다. 내가 날 사랑하지 않으면 그 누구도 나를 사랑하지 않을 텐데.

　　내 완벽주의와 강박관념이라는 가시 안에는 자기 비하와 돌이킬 수 없는 것에 대한 미련 등의 잔가시가 박혀 있다. 그걸 알면서도 나는 어제도 오늘도 똑같이 자괴감에 빠져 있다. 내 안의 가시를 인정하는 길은 아무래도 지금의 나로서는 힘들어 보인다. 탱자나무 글처럼 가시를 빼내고 그곳에 상처를 더하지 않아도 같이 공존해 나갈 수 있었으면 자기가 자신을 이겨낼 수 있었으면 한다. 솔직히 날이 가면 갈수록 가시는 더욱 박혀가는 것 같고 그 누가 조언을 해 주고 좋은 말을 해 줘도 다시 원점으로 아니 그보다 더 힘들어진다. 내 가시는 남과의 비교, 열등감 덩어리 그 자체이기 때문에 누군가 나에게 조언을 해 줄 때도 그 사람은 나보다 뛰어나고, 잘났으니까 내 기분을 100% 이해하지는 못하겠지, 또 나만 이상한 사람이고 스스로를 가혹하게 낭떠러지로 떠밀겠지 라는 생각만 든다. 더 이상 힘들고 싶지 않다. 또 내가 힘든데도 밖에 나가서는 그렇지 않은 척 웃으며 다니는 것도 싫고 내가 자신에게 이렇게 계속해서 가면을 씌우는 것도 싫다. 어린 시절의 나는 이렇지 않았는데. 학교가 끝나면 학교 앞 문방구에서 불량식품을 사 먹고, 미어터지는 떡볶이집에서 500원의 소소한 행복을 느꼈는데 이젠 그런 소소한 행복들이 남아 있지 않은 것 같다. 굳이 찾지 않아도 발견할 수 있었던 것들을 이젠 혼신의 힘을 다해서 찾아야 겨우 행복을 발견해낼 수 있는 것 같다. 그래서 좋았던 시절의 추억을 그리워하며 지나간 것에 약한 모습을 보일 수는 있어도, 자신의 가시를 무작정 빼내고 도려내

기보다는 이해하고 가깝게 지내보라고 말하고프다. 내 잃어버린 행복을 찾는 방법 중 하나는 이것일 수도 있다고, 포기하지 말고, 자책하지 말고 오늘도 버텨줘서 고맙다고 진심으로 말해 주고 싶다."

노트 한 페이지에 빼곡하게 적힌 자기 감정에 대한 솔직한 고백. 일상 속 소소한 행복을 찾고 싶다는 간절한 목소리에 나는 다음과 같이 손으로 답을 적었다.

"예나야! 쌤이 느끼기에는, 내가 고3 때보다 니가 살아가는 지금의 학교 환경이 훨씬 힘든 것 같다. 할 게 이렇게나 많으니 어차피 대학에 보내려고 하는 각종 평가들은, 수능 하나로만 비교하던 걸 각 과목별, 영역별 수많은 평가로 비교의 기준만 더 늘려놓고 학생에게 스스로를 돌아볼 시간이라고는 주지 않으면서 괴로움만 더해 주는 것 같다. 예나야, 경쟁을 통해 행복해질 수 있는 사람은 없어. 눈앞의 경쟁에서 이겨도 내 앞엔 이미 누군가가 있을 테니까. 그럼 우리는, 그 밖에서 행복을 찾아야 하는 거지. 사실 냉정한 이야기다만, 자신에 대한 사랑은 누가 넣어줄 수가 없어. 온전한 본인의 몫인 거지. 그러나 생각만으로는 어렵고, 물리적인 실천도 필요해. 약간 토 나오더라도 거울 속 나한테 소리 내서 사랑한다고 말하기. 그날 자기 전에 감사한 일 3가지 적어 두고 자기. 쌤도 하고 있어. 진짜 힘든 날도 있는데 그런 날은, '정수기에서 찬물이 정상적으로 나왔다. 해가 떴다. 나도 무사히 눈을 떴다. 같은 말도 있어. 이걸 꾸준히 하다 보면 생각보다 내가 가진 게 많고, 주변에 사람도 많다는 걸 느끼게 될 거고, 인생에서 가장 필요하고 소중한 게 뭔지 어렴풋이 느끼게 될 거야. 특히, 니가 좋아하는 톨스토이, 도스토예프스키, 솔제니친, 고리키 같은 러시아의 대문호들은 그것들에 대해 많이 탐구했어. 그 사람들의 소설도 꼭 읽어보면 좋겠다. 낭떠러지에서 떠밀려 밑으로 떨어져도, 그곳에도 꽃이 피고 사람이 산다는 걸 느낄 수 있을 거야. 진심으로 너를 사랑하고 있는, 마음 깊은 곳의 너를 만나길 응원할게."

나도 사춘기가 있었다. 공부, 친구 관계, 이성과 세상에 대한 관심. 스스로 해결하기 힘든 수많은 질문들에 대한 해답을 구하기가 참 어려웠다. 내가 일어나기 전에 일하러 나가셔서 잠든 후에야 들어오시는 부모님께는 물론이고 즐겨 읽던 책에도 명쾌한 답은 없었다. 그때 우리 성당 수녀님께들은 방법을 아이에게 그대로 전수해 준 것이다. 하루에 감사한 일 세 가지 생각하기. 자려고 누워 천장에다 썼던 말들을 떠올렸다. 안방에 할머니가 주무시고 계시다. 내일 일어나면 창밖으로 변함없이 바다가 보일 거다. 내방 앞에 내일도 동백꽃이 피어 있을 거다. 할 것도 너무 많고 그것들이 다 자기 마음처럼 되지 않는 상황 속에서 자신을 잃지 않고, 또 그 헤매는 시간이 나중의 본인을 지탱해 주는 나이테를 새기는 시간이었기를 바라면서 말이다. 그렇게 답글을 써주고 몇 달이 지나 그 내용도 거의 잊어버렸을 학기의 마지막 수업 시간, 수행평가를 마지막으로 확인하려고 걷은 노트 마지막 장에 엽서가 한 장 붙어있었다.

"원재쌤! 저 예나에요.

벌써 봄 여름 가을이 다 지나고 겨울이 와서 곧 제가 종업식을 한다는 사실이 믿기지 않아요. 전에 제 가시에 대한 답변 적어주신 게 너무 감사해서 크리스마스 카드에 몇 마디 적어봐요! 선생님이 써주신 편지를 보고 얼마나 울었는지 다음 날 눈이 퉁퉁 부었었어요. 앞으로 살면서 가끔씩 꺼내볼 것 같아요. 특히 경쟁을 통해 행복해질 수 있는 사람은 없다는 그 말이 너무 와닿아서 가시가 커지는 날이면 이 말을 떠올리면서 스스로 다독일 수 있게 되었어요. 힘든 일이 있을 때마다 선생님께서 말씀하신 것처럼 감사한 일 세 가지 쓰고 자기를 했었어요. 정말 저도 모르게 제가 바뀌더라고요! 여전히 자기비하나 스트레스 받는 일들이 여러 곳에서 생기는데 금방 괜찮아지는 제 자신을 보고 놀랐어요. 우울에 빠지면 헤어나오기 힘들었는데…… 선생님께서 저에게 주신 좋은 말씀처럼 저도 다른 사람에게 삶에 용기를 주고 위로를 주는 사람이 되고 싶어요! 2021년 한 해 동안 문학, 독서 수업 너무 재밌었고 다시 한 번 감사드려요!"

이게 뭐냐는 눈으로 아이를 바라봤지만 그 아이는 얼굴을 붉힌 채 창 너머 먼 산을 바라보고 있었다. 아니, 창에

비친 이전보다 조금 덜 밉고 조금은 더 사랑스러운 자신의
얼굴을 바라보고 있었다.

## 마음 하나
## 젖지 않을 법한 우산

매년 4월에서 5월 즈음이면 아직은 어딘가 몸에 맞지 않는 듯한 어색한 양복이나 투피스 정장을 입은 낯선 청년들이 학교에 나타나곤 한다. 분명히 얼굴은 아직 어린데 복장이 이러하니 '갑자기 외부인이 나타났다'며 학교 선생님들이 학생부장에게 전화를 넣게 하는 이들, 장차 선생님이 되겠다는 원대한 포부를 품고 학교에 나타난 이들을 교육실습생, 줄여서 교생이라고 부른다. 매일 변함없는 수업에, 꾸역꾸역 밀려들어 책상 한 켠을 제 자리인 양 차지한 업무에, 아이들과의 씨름에 짬을 낼 여력이라고는 없지만 아이들과 함께하길 꿈꾸는 후배들의 초롱초롱한 눈동자를 차마 외면할 수 없어 매년 실습생 지도를 자청하곤 했다. 특히 나는 학생부에 주로 있으니 국어 교과 수업보다도 학생들을 대할 때 내가 갖는 마음가짐과 여러 가지 험한 경험들에 대해서도 많은 이야기를 나누게 된다. 사실 내가 원래 그렇게 하겠다고 마음먹었다기보다는 내가 교생실습을 나갔을 때 만났던 지도 선생님께 배운 거라고 봐야 한다.

대학교 4학년 1학기의 5월, 학교 근처의 모 중학교로 배정이 되었다. 학부 4학년이긴 했어도 집안 사정이야 어찌되었든 워낙에 공부를 안 한다고 소문이 났던 나였기에, 같이 수업을 듣던 과 동기들끼리 으레 삼삼오오 구성하는 스터디 그룹에 누구 하나 껴 주지 않았다. 그래서 아는 것도 거의 없는데 실제 학교 수업을 맡게 될 거라는 사실이 내겐 거의 공포감에 가깝게 다가왔다.

게다가 두 학번 위 남자 선배들 중 가장 키 크고 사람 좋고 인물 좋기로 유명한 한 선배와 1학년 같은 반에 짝꿍으로 배정받아서 잔뜩 주눅도 들어 있던 상태였다. 학원 강의나 과외로 아이들을 많이 만나보긴 했지만 서른 명이 넘는 아이들을 앉혀 놓고 칠판 앞에 선다는 상상만 해도 긴장감에 아랫배가 살살 아파왔다.

아니나 다를까, 첫날엔 서로 경계하면서 거리를 좀 유지했지만, 둘째 날부터 교실에선 민망한 상황이 일어나기 시작했다. 그때만 해도 교실에서 급식을 먹었는데 선배와 내가 책상 두 개를 나란히 붙여 밥을 먹고 있으면 아이들이 그 형만 둘러싸고 말을 걸고 친한 척을 하는 거였다. 그 모양을 위에서 조감도로 내려다봤다면 딱 막대 자석의 한쪽 극에만 철가루를 뿌려 놓은 그림이었을 것이다. 한 며칠 그랬더니 교실에 있는 것이 나도 선배도 서로 좀 민망해졌다.

밥을 먹는 둥 마는 둥 하고 운동장 스탠드에 나와 홀로 앉아 있는 내 곁으로 담당 선생님이 다가와 앉으셨다.

"아이들 대하는 게 쉽지 않으시죠?"

"선생님, 저어, 아이들한테 제가 뭘 해야 될까요?"

"뭘 하긴요. 아무것도 안 하셔도 괜찮아요."

"네?"

"선생님이 대학에서 배운 것들이 많지도 않겠지만, 그게 선생님이 학교에 오셨을 때 그대로 쓰이지도 않을 거예요. 그리고 교생 실습 기간도 너무 짧아서 수업에 대해 배우기도 어려워요. 다만, 아이들과 재미나게, 편안하게 지내다 가세요. 이야기도 많이 나누시고, 가르치려고 생각하기보단 있는 그대로 대화를 나눠보세요."

　글로만 써놓고 보면 선배 선생님이 후배를 무시하는 말투 같지만, 머리가 희끗희끗한 선생님이 따뜻한 표정으로 해 주시는 말씀을 듣고 있노라니 '예비 선생님'이 아니라 담임 선생님과 상담하는 고등학생 시절로 돌아온 것 같았다.

　"아이들은 선생님과 친해지고 싶어 하는데 방법을 모르는 것뿐이에요. 너무 선생님 흉내를 내려고 하지 마시고 있는 그대로 형이라고 생각해 보세요."

　아직 학교와 아이들에 대해서 잘 모르는데도 혹시나 무시를 당할까 봐, 졸업도 하지 못했는데도 선생님 대접을 받으려고 내게 어울리지 않는 표정과 말투로 내가 먼저 아이들에게 거리를 두고 있었던 것이 아니었을까 생각했다. 곁을 내어 주지도 않아선 먼저 다가오지 않는다고 혼자 상처받고 있었던 것은 아닐까 하고 말이다.

　주말을 보내고 나서 선생님이랍시고 폼 잡는 대신 평소에 하던 대로 행동하기 시작했다. 5분도 안 돼서 급식을 다 먹고 운동장으로 달려나가 농구공을 튕겼다. 그랬더니 학교 올 때도 가방에 농구공 가방을 함께 매달고 오던 남자애 몇이 슬금슬금 다가왔다. 특별한 말은 필요 없었다. 눈빛과 패스를 몇 번 주고받은 후 우리는 한 팀이 되었을 따름이다. 그렇게 몇 번의 점심 시간이 지나 같은 책상에서 급식을 먹고 곧장 농구를 하러 나가는 것에 익숙해졌을 즈음 아이들은 공을 던지면서 자기들의 이야기도 아무렇지도 않게 툭툭 내뱉었다. 몰래 피씨방에 갔다가 엄마한테 등짝 맞은 이야기, 매일 술 마시고 욕하는 아빠 이야기, 온천천에서 담배 피우다 동네 형들한테 혼난 이야기, 좋아하는 여학생에 대한 이야기 같은 것들. 눈물을 흘리면서 선생님에게 겨우 꺼내는 이야기가 아니라 '저기 개미가 한 마리 지나가네?' 같은 느낌의 무심한 말투로 말이다. 친구에게니까 굳이 어렵게 각 잡고 분위기 조성하면서 할 필요가 없었던 것이라고, 생각했다.

특별히 가르쳐줄 것 없으니까 그냥 너 원래 살던 대로 잘 지내다 가라고 말씀하셨던 그 선생님은 학년이 끝날 때즈음 아이들에게 너희들은 나의 '평생 동지, 평생 친구'라고 고백한다고 말씀하셨다. 동지, 그리고 친구라. 학생이라면 선생님 앞에서 자연히 두 손을 모으고 공손하게, 그저 '네'라고 대답해야 하는 게 아니었구나. 선생은 아이들보다 조금 더 살았고 조금 더 알지만 그렇다고 해서 위에서 이래라

저래라 시키는 사람이 아니구나. 선생과 학생이라는 관계는 근본적으로 친구 같아야 한다는, 때로는 격의 없이 친해 보이지만 수평적으로 서로 존중할 줄 알아야 한다는 말씀을 그렇게 내게 들려주셨던 것 같다. 아이들은 대체로 선생을 존중하는 편이니 그런 태도는 선생들에게 더욱 필요한 자세라는 것도 함께 말이다. 수업 시연 단원으로 '홍길동전'과 '옥상의 민들레꽃'을 받았고 선배와 함께 답도 없는 고민을 많이 했지만 내용이 하나도 기억나지 않는 걸 보면, 분명히 수업은 폭망했던 것 같다. 하지만, 실습이 끝나던 날 담당 선생님께서 찍어주신 사진 속에 서 있는 선배와 나는 무척이나 환하게 웃고 있다.

모교로 교생실습을 오는 예비 선생님들을 만나게 되는 해에는 실습 시작 전날에 나의 실습 마지막 날 반 아이들이 써주었던 편지들을 꺼내 본다. 그 편지 속에도 나의 기억 속에도 공개 수업 장면은 거의 없다. 대신 같이 농구공을 튕기고, 체육대회 때 어깨동무를 하고 소리를 지르고, 운동장 스탠드에서 쭈쭈바를 빨며 이야기를 나누던 기억들로 가득하다. 중1인데도 초등학생들만큼이나 괴발개발 써놓은 글씨들을 손으로 쓸어보면서 속 깊은 친구가 되어 주겠다던 내

다짐은 얼마나 깎여 나갔나 생각한다. 요즘 후배 선생님들은 선배들의 조언을 잘 새겨듣지 않는다든지, 능력은 좋은데 제멋대로라든지, 학교 공동체 대신 자기만 생각하는 개인주의자라든지 하는 비난에 별생각 없이 쉽사리 동조하는 꼰대가 되어 버린 것은 아닌지 내 얼굴도 한 번 턱을 괴고 같이 쓸어본다. 그리고 다음 날 내게 배정되어 찾아온, 긴장한 얼굴의 예비 선생님에게, 그가 만날 수많은 아이들에게 나이만 좀 많은 속 깊은 친구가 되어주길 바라는 마음으로 이야기를 시작한다. 수업해야 할 단원에 자기 삶의 이야기를 좀 녹여주고, 아이들이 자기 이야기를 할 시간도 만들어주라고 조언을 하다 보면 가끔은 선배 선생님과 후배 선생님 같기도 하고, 오랜만에 만난 사촌오빠와 동생 사이처럼도 되었다가 결국은 내가 뭔가를 가르쳐주겠다는 마음을 내려놓고, 이 사람도 자기 나름의 세계관을 갖춘 훌륭한 예비교사라는 걸 인정하게 될 때쯤 한 달간의 실습이 마무리된다.

"선생님, 이전처럼 여전히 제 하늘은 잿빛이지만, 저도 선생님처럼 노력하다 보면 언젠가 맑게 갠 하늘을 볼 수 있을 거라고 믿어요. 또 이따금 비가 쏟아져 제 어깨를 누르는 날도 있겠지만 그럴 때마다 선생님을 생각할 게요. 그러면 제 마음 하나 정도는 젖지 않도록 우산을 펼 수 있을 것 같아요. 편지를 써놓고 보니 잔뜩 칭얼거리기만 한 것 같아 민망하네요. 음, 그냥 선생님이랑 시간이 좀 엇갈려서 만나지 못한 고등학생 진숙이가 뒤늦게 보내는 편지라고 생각해 주세요."

몇 년 전 교생실습을 마치고 돌아가는 예비 선생님에게 받은 편지의 일부다. 신은 자신이 모든 곳에 있을 수 없어서 엄마를 만들었다고 한다. 하지만 요즘은 엄마도 무척 바쁘다. 엄마가 모든 곳에 있을 수 없으니 우리에겐 선생이라는 이름의 친구가 있다. 우리 모두 인생에 무척 서툰 사람들이지만 다행히도, 선생이라는 이름을 달고 먼저 친구가 되어 주겠다고 다가갈 용기를 가진 사람들이 전국에 수십만이 있다. 오늘도 어디에선가 비를 맞고 있을 아이들에게 그 마음 하나 젖지 않도록 우산을 펴주는 이들이 있어 나도, 하루를 학교에서 살아갈 용기를 얻는다.

## 책 한 권을 마치며

대학 생활을 그리 열심히 하지는 않았지만, 두루 존경 받던 노(老)교수님께서 해 주신 말씀 하나만은 인상 깊게 기억하고 있습니다.

"교사는 학생을 태우고 이편 언덕에서 저편 언덕으로 갈 수 있도록 돕는 뱃사공입니다. 뱃사공이니, 건네주고 나면 미련 없이 이별해야 합니다."

어른이 되기 위해 아이들은 쉽지 않은 관문들을 거쳐야 합니다. 스스로 자신의 앞을 가로막는 강물을 헤엄쳐 건너가는 어른스러운 아이들도 있긴 하지만 대개의 경우 무척 허우적거리게 마련입니다. 부모나 친구와의 갈등, 원하지 않는 경쟁, 희망을 찾기 힘든 사회 환경 등과 같은 암초를 만난 아이들은 스스로를 사랑하지 못하고 강물에 잠겨버리는 일도 많습니다.

교사가 되기까지 많은 분들의 도움을 받았지만 교사 노릇을 하게 되기까지는 결국 아이들이 저를 가르쳐왔다고 할 수밖에 없습니다. 수업의 전문가, 학교 경영의 전문가, 새롭고 재미있는 콘텐츠를 만들어내는 전문가 등 교사에게 요구되는 역할이 갈수록 많아집니다.

그러나 그중에서도 저는 부표(浮標)와 같은 사람이 되고 싶습니다. 앞이 보이지 않고 숨도 잘 쉬어지지 않는 차가운 물 속에서 딱 저기까지만 가면, 일단 저걸 붙잡고 잠시 그 자리에라도 떠서 숨을 고를 수 있는 부표 말입니다. 거친 시대의 물살을 거슬러 저편 언덕에다가 승객을 턱하고 안전하게 내려놓아 줄 만한 능력도 강단도 제게는 없습니다. 다만 물결이 세면 센 대로, 잔잔하면 잔잔한 대로 둥둥 떠 있다가, 조난당한 한 사람이 저를 잡는다면 일단 살았으니 괜찮다고, 잠시만 여기 같이 떠서 숨 고르다 지나가는 배에 올라타든, 힘이 회복돼서 헤엄을 쳐 보든 다시 한 번 해 보자고 속삭여주고 싶습니다.

그렇게 제게 매달려 있다가 마침내 자신의 삶을 건져 내어 생(生)의 다음 단계로 무사히 넘어가는 친구를 일 년에 단 한 명이라도 만난다면 무척이나 보람 있는 삶이라고 자부하며 살 겁니다. 그리고 그의 뒷모습을 보며 살짝 웃고는 뒤돌아서서 다시 다음 조난자를 기다릴 겁니다.

이 책이 처음 만들어지게 된 순간을 떠올립니다. 왜 누군가는 체육복을 입고 학교에 오는가, 아니, 와야 하는가. 교복을 입고 학교에 온다는 건 대개 누군가의 돌봄이 뒷받침되어야 가능한 일입니다. 그러나 그 돌봄을 받을 여건이 되지 않아 교복 대신 체육복을 입고 오면서도 아무렇지 않은 척하는 아이들의 마음을 헤아려주는 것이 교사이면서 학생부장인 제가 해야 할 일이라는 생각으로부터 이 책은 출발했습니다. 그래서 저도 매일 아침 저만의 체육복을 입고 아이들을 맞으러 나섭니다.

저는 계속해서 아침 등굣길에 음악을 틀어놓고, 호떡을 굽고, 어묵을 삶고, 따뜻한 코코아를 나누는 사람으로 살아가고자 합니다. 학교에 오는 아이들의 표정과 걸음걸이와 옷차림을 살피겠습니다. 언젠가 정미소 출판사의 김민섭

씨에게 말했던 것처럼, 교문 안으로 걸어들어오는 아이들의 마음을 읽고 싶습니다. 그리고 마음을 다해 말을 건네려 합니다. 성장과 삶이라는 강물에 떠 있기 지쳐 다 포기하고 싶을 때, 같이 떠 있어 줄 부표가 여기 하나 있으니 날 좀 보라고, 여기 와서 같이 잠깐 숨을 좀 고르자고.

그리고 다시 살아가 보자고 말해 주기 위해서 말입니다.

정미소는 한 세계를 깨뜨리고자 하는
모든 개인의 고백을 응원합니다.

## 체육복을 읽는 아침

ⓒ이원재, 2023

**1판 1쇄 인쇄** 2023년 3월 10일
**1판 1쇄 발행** 2023년 3월 15일

**지은이** 이원재
**펴낸이** 김민섭
**펴낸곳** 도서출판 정미소

**출판등록** 2018.11.6. 제2018-000297호
**주소** 서울시 마포구 월드컵로30가길 27 4층 (03970)
**이메일** 3091201lin@gmail.com

**ISBN** 979-11-967694-8-2  03810